君偉上小學3

年級
花樣多

文 王淑芬
圖 賴 馬

開場

各位大、小朋友，不管你現在幾歲，
你一定曾經、或目前正是、
或將要讀國民小學。
這一套【君偉上小學】，
就是以國民小學為背景的校園生活故事。
本系列一共有六本，分別是：

《一年級鮮事多》、《二年級問題多》、
《三年級花樣多》、《四年級煩惱多》、
《五年級意見多》與《六年級怪事多》。

你正在讀幾年級？

最懷念哪一年級？

歡迎認識張君偉與他的同班同學們，

請大家陪他們一起歡笑、一起成長。

目次

人物介紹

張君偉

我是本書的主角，我現在最會畫恐龍。我說的故事都是真的。

張志明

除了國語數學社會自然，其他的我樣樣拿手。

楊大宏

我學問淵博，是考試天才。

陳玟

我擔任班長，立志為民除害。

李靜

只要不是我的事，我都很熱心。

白忠雄

我喜歡做生意，其他的沒意見。

1 編班

　　過完一個短短的暑假——別的書上都是寫「長長的」，但我可不這麼想；因為我連暑假作業都還來不及做，就開學了。

現在，我升上三年級了。開學那一天，我和張志明約好一起上學，他變得又高又黑，開口閉口都是「我們三年級……」，好像三年級是很特別的動物；尤其看見幾個一年級的小孩，胸前別著名牌，站在校門口，拉緊媽媽的手，哭聲驚天動地，我們便一

齊搖頭說：「唉，低年級。」

一進教室，我發現很多人變得「面目全非」。那個戴眼鏡的林世哲，從「貓臉」變成「馬臉」了；我最頭痛的人物——連續兩年坐在我隔壁的女霸王李靜，居然沒有劈頭罵我：「張君偉，你遲到四十五秒。」反而靜悄悄的坐在椅子上，裝模作樣的看一本《星座占卜法》，真是天下奇聞。最不可思議的是，她笑的時候，竟然還從口袋裡拿出手帕來摀著嘴。

唯一沒有變的是老師。她臉上的青春痘一顆也沒有減少。她的聲音也沒有變，很溫柔的說：「老師不能再教你們了。等一下要重新編班，會有更好的老師來教你們。」其實，我想老師真正的意思是：「我如果再教你們，準會發瘋。」

想想，光是應付告狀大王林世哲、小猴子張志明，還有在黑板上記滿黑名單的王婷，就夠老師頭大了。現在終於可以擺脫他們，老師一定暗自慶幸。不過，說不定她又接了一個更「恐怖」的班級，裡頭也許有超級頑皮鬼。唉，希望老師運氣別那麼壞。

我正和張志明大談游泳姿勢的時候，一個瘦瘦高高的男老師走到前門，和老師打了聲招呼，便開口大喊：「唸到名字的請站出來，你們編在三年一班。」

太好了，我終於可以擺脫李靜了。這個超級管家婆無所不管，連我啃排骨太用力，也遭她抗議，說會影響她的食慾，讓她發育不良。如今，全班就要打散到十四個班去，平均每三個人才有可能再度同班。我總不會那麼倒楣，又和她狹路相逢吧？

一連六個老師過去，帶走十八個同學了。留下來的人，你看我，我看你，心情都很緊張。我暗自祈禱，希望能被一個美麗動人的女老師教到——最好是江美美老師，她長得很像明星。

又一個老師走過來了。天哪！是全校有名的「暴龍」老師。他那一雙眼睛盯著你看的時候，你會忍不住自動招供所有的罪行：「我……我剛才在心裡……

偷……偷偷罵你。」他就是那樣的老師，威嚴又古板。千萬別讓他叫到我的名字。

「現在唸到的是三年七班，請跟我出來。」暴龍老師發出低低的吼聲。我們都不安的等待答案，誰會是落入全校最凶猛老師手中的可憐蟲？

「張志明。」哇，小猴子要變成小蟲子了。張志明垂頭喪氣的走到暴龍老師身邊。

「張君偉。」

「李靜。」

我的媽呀！我現在知道什麼叫「禍不單行」了。暴龍老師加上女霸王，我三年級的日子一定很悲慘。

幸好，還有張志明作伴。

我們三個人背著書包，步伐沉重的隨暴龍老師走到三年七班教室門口。

「快進去。」暴龍老師推了推我們。奇怪的事發生了——教室裡面居然坐著美如天仙的女老師，正是我夢寐以求的江美美老師。

「江老師，這三個學生是你的。」暴龍老師露出笑臉，用綿羊般的聲音對江老師說。

「謝謝你。」江老師笑起來好迷人，「我穿了高跟鞋，不方便跑，多虧你替我找齊學生。」然後，她對我們三個呆在那兒的傻瓜溫柔的一笑：「歡迎成為三年七班的一分子。」

嘿，未來三年級的日子，一定很精采。

張志明的讀後心得：

天下沒有不散的筵席，
天下也沒有不散的班級。

林老師評語：

感謝上天。

2 科任老師

升上三年級，我老是覺得有點異樣的感受。這可不是說我不正常，而是有一種快要飛上天的輕盈感。

張志明說這是「驕傲」，俗稱「臭屁」。

既然已經是神氣的大孩子，自然不應該動不動就大驚小怪，一副沒見過世面的呆樣。但是有件事，實在不得不叫我驚奇，那就是三年級的科任老師。

雖然低年級時，也有兩位科任老師，可是現在，除了級任江老師以外，還有「一大堆」科任老師：音樂老師、自然老師、體育老師、英語老師。我實在沒辦法一下子記住他們的姓名，只好讓他們姓音名樂，或姓自名然。更妙的是，上這些課的時候，就得到不同的教室去。其中，我們最愛上自然課；因為自然教室放了很多標本。有個半人高的毒蛇標本是我們大家又愛又怕的寶貝。

自然老師鼻梁上架了副眼鏡，頭髮亂糟糟，讓人懷疑裡面是不是偷藏了一隻鳥媽媽在孵蛋。第一次上課，他就拉起窗簾，放映影片給我們欣賞。漆黑的天幕裡，點點繁星閃爍，地球顯得十分渺小。老師說，自然課就是要帶我們探索宇宙奧祕、萬物神奇，還要研究天地間許多科學現象。大家聽了，都覺得興趣盎然，立刻就愛上了自然課。張志明告訴我：「太好了，希望老師常常放影片，教室暗暗的，睡起來好舒服。」

科任老師教了好幾個班，在他的「成績登記簿」上，抄滿各班學生的姓

名。自然老師還說，他一定要在一個月內，把五個班的學生姓名全背下來。

我們一個星期頂多和科任老師見兩次面，所以大家都不怎麼「怕」他們。因此，上科任課的時候，總比在原來的教室更活潑，也更大膽。張志明就常在音樂課時偷看漫畫，音樂老師記不得他的名字，每次只能很生氣的說：「坐在窗戶邊那個黑黑的高個子，我要沒收書了。」漫畫書是白忠雄帶來的，張志明用三顆彈珠向他租來看。

音樂老師的身材十分雄偉，唱起「多、雷、米」來威震教室內外。她總是要我們把手放在肚子上，學習用肚子呼氣、吸氣。這是十分困難的「內功」，害我簡直不知道該怎麼呼吸才對。

她還有一句口頭禪。每當我們在底下談天、說話，不聽她唱歌的時候，她便皺起眉頭說：「平時你們得買門票才能聽到這種天使般的歌聲，你們居然暴殄天物，不懂珍惜，還吵！」接著便是：「三年六班的水準就比你們高，上音樂課又安靜又乖巧。」

我覺得音樂老師的話有些誇張，上音樂課還能「安靜」嗎？不過，她這一招「激將法」很有效。我們的班長陳玟便在班會上慷慨激昂的告訴全班：「不要輸給三年六班，不要丟我們班的臉。」

真的，我們不能輸給六班。上個星期的躲避球賽才被他們打得慘兮兮！武的不行，文的總要贏吧？

可是，儘管我們上音樂課的時候表現「乖巧」，連張志明都很用心的捏著脖子唱「什麼圓，圓上了天」，音樂老師還是經常感嘆：「三年六班表現比你們好多了。」

可恨的六班，到底有什麼本事？

終於有一天，答案揭曉了。

那一天，輪到我和張志明去抬便當。為了讓我們有充裕的時間用餐，江老師要我們提早五分鐘去抬。經過音樂教室。哇！真的很安靜，正是三年六班在上課。我看到六班的班長低著頭在教室前面罰站。然後，我們很清楚的聽到音樂老師從腹部發出來，強而有力的聲音：「告訴你們多少次了，上課不要吵、吵、吵。你們為什麼不學學三年七班呢？人家多麼有水準，又安靜又乖巧。」

三年六班班長的讀後心得：

科任老師這樣騙來騙去，也是用心良苦。我們應該逆來順受，以便將來造福人群。

音樂老師評語：

真是懂事的好孩子。

3 科學展覽

如果現在老師要我寫一篇作文，題目是「我最喜歡的一堂課」，我一定毫不猶豫的選擇自然課。還有什麼課能讓人玩水、抓蝌蚪、用三稜鏡製造彩虹呢？自然課太妙了，尤其自然老師既風趣又博學。他常說：「自然就是美。」他還教我們要用「心眼」來體會大自然的奧妙。這一句話聽起來真美，不過似乎有點玄。我知道近視眼、青光眼，心眼又是什麼東西？

張志明向我解釋：「長在心上的叫做心眼，意思是要用心看。升上三年級，我真是變得既聰明又浪漫啊。」我才不認為張志明變聰明呢，他說的這番話，電視連續劇裡常常出現，他八成是看電視學來的。不過，總而言之，我想自然老師就是要我們懂得欣賞大自然吧。

今天，才踏入自然教室，就看見老師拿著我們的名冊在寫些什麼。原來，有個偉大的競賽要開始了。

「一年一度的科學展覽，目的在鼓勵大家更具探索精神。」自然老師說得頭頭是道，「等一下我會將全班分成六組，請每組找一個主題來實驗、研究。當然嘍，做得最好的那一組，可以代表本班參加全校的競賽。」

我和張志明、楊大宏、白忠雄同一組。楊大宏是副班長，戴眼鏡，一看就是個「天才兒童」模樣。他在下課時拉著全組到廁所外面共商大計。

「我們一定要想個了不起的題目來做，這樣才能

打敗班長那一組。」大家都一致同意，因為我們這些男子漢和大嗓門班長是誓不兩立的。何況管家婆李靜也在那組，我們怎能輸給她們？

「我們可以先派個奸細去打聽她們的題目。」張志明突發奇想。

「嗯，很好的提議。」楊大宏推推眼鏡，

「不過，那應該叫間諜，不是奸細。」

最後，我們公推白忠雄負責這個任務。白忠雄很會做生意，常常帶漫畫書來租給同學。女生總是用一塊巧克力換一本書看。白忠雄說出他的計畫：明天帶五本漫畫書來「收買」李靜。

沒想到李靜卻對漫畫書沒興趣，她現在只著迷星座和算命。計畫雖然失敗了，不過楊大宏說：「男兒當自強。」我們決定找個嚇死女生的大題目來研究。

什麼是最偉大的科學研究呢？

「恐龍！」張志明首先叫出聲來，「我有很多恐龍貼紙。」

楊大宏不滿意，他認為恐龍已經滅絕了，沒有研究的價值。我們陸陸續續又想到幾個題目：「月亮為什麼不會撞上地球」、「外星人的生活方式」、「太陽系行星的地質研究」、「海洋到底有多深」。不過，一想到該如何進行實驗，就令我們傷透腦筋。想想看，我才剛學會水中換氣，叫我怎麼去量海水到底有多深？

後來，我們又自動降低水準，乾脆做些比較實際又有趣的觀察。雖然不算很偉大，可是一定比女生的精采。比如，她們敢靠近蛇嗎？我們正打算做「臺灣毒蛇的毒牙研究」呢。

這個題目是張志明提的，因為他有一個叔叔在臺北華西街賣蛇肉湯。根據他的說法，我們可以利用假日去他叔叔那裡研究，說不定還能喝到蛇湯。

正當我們沉醉在對美味蛇肉湯的幻想時，張志明卻又突然宣布不能去了；他叔叔在星期五晚上被警察「抓」了。

原來，他叔叔是個擺地攤的小販，

非法偷賣蛇，被取締了。

唉，我們的偉大科學研究一再泡湯，眼看後天就是自然老師要我們提交報告的日子，怎麼辦呢？

楊大宏最後從書上抄了一個實驗，寫在報告紙上，我們全都鬆了一口氣。老師說，這一次科學展覽要當作一次平時考的成績。如果我們交不出作品，不就零鴨蛋了嗎？我可是從沒考過零分啊。

我們抄的這個實驗正好跟蛋也有關係，就是研究加多少鹽的水才能讓蛋浮起來。事實上，為什麼要使蛋浮上來，我也搞不懂。楊大宏說是在探討「密度」和「浮力」，我倒認為，把那個蛋煎來吃多好，泡在鹽水裡不就壞了嗎？

競賽那一天，各組神祕兮兮的把實驗品擺在桌上。哇！真是琳瑯滿目。還有一組竟然帶了一窩白老鼠來呢。

猜猜看，班長那一組做什麼？笑死人了，居然也是「鹽水泡蛋」。

不過，笑她們等於笑我們自己。

「明年，我們一定要做一個很偉大的。」下課以後，楊大宏又召集我們商討未來計畫，「我們就做：世界上蛋的種類研究吧。」

唉，我都快變成傻蛋了。

張志明叔叔的讀後心得：

「科學」是很偉大的，如果還需要蛇，我再去抓給你們研究。

老師評語：

謝謝。但是為了維護校園安全，請勿讓小朋友帶蛇來學校。小白鼠還可以，我敢抓。

4 社團活動

每星期二下午有兩堂「社團活動」（注），那是我們最開心的時刻。

第一個星期，老師先問大家，對什麼課外活動最有興趣？張志明舉手說：「騎腳踏車。」不過老師說學校沒有這樣的社團。後來老師發了一張單子，要我們帶回家和爸媽商量，選一個最感興趣的參加。

學英文的孩子不會變壞。
學音樂的孩子也不會變壞。

回家的路上，楊大宏告訴我們，他爸爸一定會要他選電腦社。張志明說他要選扯鈴社，因為電視上說，有個國小扯鈴隊到國外表演，他希望將來也能去美國。楊大宏搖搖頭說：「為了出國才學扯鈴，真是胡扯。」

晚餐後，爸爸拿著這張興趣調查表，坐在沙發上仔細的研究。

「有英語會話社。」他大叫一聲，

「太好了，我從以前就一直想學好英文，下次出國玩才方便。」

媽媽在一旁提醒他，是我上課不是他上課。不過，媽媽也贊成我選這個社，因為「學講英語的孩子不會變壞」。

我早就對媽媽這句口頭禪習慣了。在她心目中，所有要交錢學習的課程，都不會讓小孩變壞。

我提出了意見：「英語會話沒意思。」想想看，兩節課都坐在教室學講話，多累呀。

爸爸只好再提出一個選擇，這次他看中的是「詩歌朗誦」。

「多有氣質，順便練習國語的發音。要知道，將來在公開場合，如果能夠流利的表達個人意見，比較吃香。」爸爸分析得頭頭是道。

我不想吃香，吃香腸還可以。

「要不然，樂器演奏好了。大家都說，學音樂的孩子不會變壞。」

媽媽就不能換句臺詞嗎？

「啊，科學社也不錯，可以訓練頭腦。」爸爸拿起筆，指著科學社那一欄，鼓勵我參加。

可是，我每個星期已經上四節自然科學課了。

「就選作文社好了，文筆好很重要。」媽媽考慮了很久，做最後結論。

但是，那些我全沒興趣。我告訴他們，我最想參加「烹飪社」。爸媽好像不能接受這件事。爸爸瞪大眼睛，媽媽卻笑得說不出話來。

其實，我也想參加「編織社」，不過，媽媽一定會大加反對。上次，我給妹妹的娃娃綁頭髮，她就大驚小怪：「你是男生，別搞錯。」媽媽忘了，電視上那些很厲害的髮型設計師，很多都是男生呢。

聽了我的決定，爸爸問：「烹飪社有什麼用？」

媽媽卻笑著說：「好吧，讓他知道煮飯燒菜是多麼辛苦也好。」

才不辛苦呢，上烹飪課最有趣了。第一次上課時，我們做的是饅頭。非常簡單，只要把麵粉加些水，揉來揉去就可以了。

由於社團活動是將各班打散，再另外編組，所以在烹飪社中，我居然又和以前的班長「恰北北」王婷重逢了。她坐在我後面，不過我們已經化敵為友，因為用麵粉丟來丟去太好玩了，我們玩得很開心。

王婷還建議，一面揉麵團，一面捏麵人。別人做出來的是饅頭，我們倆做了一堆「人頭」。

回家後，我還向媽媽借廚房來預習和複習。媽媽說，這是有史以來，我第一次主動要溫習功課，可惜溫習的是「揉麵團」。

張志明對扯鈴也很熱衷，每節下課，都拉著我到操場看他表演。

「看，這一招叫『一步登天』。」他想把扯鈴沿著繩子滾上去，可惜，功夫還沒到家，扯鈴不想登天，反而掉下來，砸到他的腳，害他痛得哇哇大叫。一步登天成了「一落千丈」。

社團活動真好。下學期我還要換個口味，

改選——噓，先別讓我媽媽知道，我要選「家事社」。李靜說，家事社的老師會教大家縫鈕子、縫手帕。我上次和妹妹玩扮家家酒的時候，不小心把媽媽的裙子踩裂了，現在，我得想辦法把它縫好。

社團活動真有用。

注：現在改為「課後社團」，各校進行方式不盡相同。本文是指讓全年級學生依自己的興趣，挑選社團來參加。

君偉媽媽的讀後心得：

學校開烹飪社當然有它的道理，無論多偉大的人，都要吃飯。

5 生活公約

最近我發現一個真理，就是天下的班長都是一樣的，尤其是「女班長」。

低年級時的班長王婷，她每天上學的目的是站在黑板前記名字；現在的陳玟，也一樣記名字，只不過她是記在一本筆記簿上，連誰被記了都看不到。她真夠殘忍，張志明說她這是「殺人不見血」。

幸好，筆記簿上的名字傳到江老師那裡，也沒有「見血」。老師總是說：「再給這些人一次機會。」老師實在很大方。陳玟在下課時，警告張志明：「老師已經給你九次機會了，下次她一定不會饒你。」張志明還回她一句：「集滿十個，再送一個。」結果，陳玟氣得甩甩辮子，「哼」一聲翹起嘴巴走開，跟王婷簡直一模一樣。她們很有可能是失散多年的雙胞胎姊妹。

最妙的是，當她們站在臺上管秩序時，說的話居然也一樣：「再吵，老師就不教我們了。」或是：「再鬧，老師會被你們氣死。」

可是，老師不但沒有氣死，而且還一直教我們。最後，「氣死」的是班長陳玟自己。她私底下叫一些女生利用班會時間（注）來攻擊男生。攻擊的目的，是要制定一些處罰的辦法來修理愛講話的人。當然，這些人都是男生，在班長眼中，男生全都是大嘴巴。

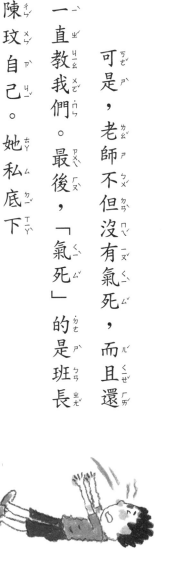

老師不在的時候，跟同學討論昨天的電視節目，談談家裡的小狗，真可說是「善用時間，友愛同學」，怎能算是不守秩序呢？

班會時，李靜第一個舉手發言。這一定是班長指使她的。她忿恨不平的說：「有些男生上課不守秩序，害我們拿不到生活競賽冠軍，我們三年七班會惡名遠播。」她居然還使用成語加強語氣。

主席——也就是班長陳玟，滿意的點點頭，也使用成語來回答，可見她們一定是串通好的：「沒錯，為了使本班重振名聲，我們一定要想辦法懲罰不守秩序的人。」

她說到「的人」時，特別看了張志明一眼。張志明不甘示弱，馬上舉手問：「什麼樣的人才叫不守秩序的人？」

班長想了想，反問全班：「你們認為呢？」

李靜又發言了：「上課偷看漫畫，還跟後面的人說話，害老師彈錯琴，像張志明那樣。」大家都知道，張志明上音樂課時一定會夾帶漫畫書。

張志明果然機智過人（他除了上課、考試不如人，其他方面都很行），馬上回她：「那麼像李靜那樣，上數學課偷看《星星王子談星座》，又偷吃酸梅，算不算呢？」

接著，大家便發揮記憶力和觀察力，互相指責。一些平時大家不知道的小祕密，這時全曝光了。經由白忠雄的控訴，我們驚訝的發現，班長在上自然課時，把她們那一組的「變色紙」——本是用來測試有沒有水分的試紙，在五分鐘內一口氣「玩」光了；最後是用三張貼紙和白忠雄換一張變色紙做實驗。班長非常生氣，也可能是羞愧，紅著臉大聲說：「我是不小心的，我正好坐在水槽旁邊！」

大家吵得不可開交時，老師走到臺前，笑著要我們冷靜一下，平息火氣：「本來，班會時老師是不可以中途插嘴的。不過，現在我要給你們一個建議。既然大家對班上的秩序這麼關心，就一起制定本班的『生活公約』吧。」

老師繼續說：「大家共同想出幾點規定，全班通過就一律遵守。當然，你們最好想清楚，這些規範要合理，而且將來是你自己心甘情願必須遵守的喔。」

本來把手舉得高高的李靜，一聽到「自己也要遵守」這句話，立刻放下手，皺起眉頭。她大概想到，如果訂個「上課不可以偷看別的書」的規定，不但張志明痛苦，自己也受害吧。

全班頓時靜默，大家都安靜的想著「自己能心甘情願遵守」的生活公約。

班長終於開口了：「為了本班的榮譽，我們當然要有生活公約。我建議第一條是……」

大家都瞪大眼睛等著她的答案。

「是……不遵守本班生活公約的人，我就要登記下來。」

真是一貫的「班長作風」。

真的，生活公約太難訂了。誰會願意畫一個大圈圈，把自己關在裡面，不跳到外頭玩一玩呢？全班想了半天，機智過人的張志明總算說出一個答案，這個答案獲得大家一致通過，連老師也很滿意。那就是：

自己管自己。

至於怎麼管呢？隨便你。這是班長說的。

注：從前小學為了培養學生的民主素養，每兩週有一節課，讓全班舉辦班級會議，討論班上事務。

李靜的讀後心得：

自己管自己，老師請休息。

老師評語：

老師別想休息。

6 學寫字

當我看見江老師抄在黑板上的功課表時，有點不敢相信自己的眼睛。我一面抄，一面小聲問隔壁的葉佩蓉：「星期二第七節是寫字課嗎？」（注）

她瞪我一眼，回答：「你自己不會看？」

我就是看見老師抄「寫字」，才懷疑的呀！怎麼可能有這樣的課？我們哪一節課不是在寫字呢？為什麼特別開這一節課？

老師終於說明了：「寫字課就是書法課，我們要練習以毛筆寫字，保證大家會喜歡。」

我們果然都很喜歡：因為寫字課的用具實在太好玩了。

第一次上課之前，老師抄在聯絡簿上的書法用具包括：中楷毛筆、硯臺、墨或墨汁、墊布或舊報紙。最後，最重要的是：抹布。

媽媽嘆了一口氣，說：「古時候的歐陽修就簡單多了，他的媽媽只給他一堆沙子和一根竹枝，就可以教他練習寫字。」

如果媽媽也給我準備沙子和竹枝，我會更高興；我可以用來玩「過五關」。

上寫字課了，老師離我們遠遠的，站在講臺上，示範如何磨墨。

「倒一些水在硯臺上，墨條蘸溼，均勻的在硯臺上磨一百下。」老師還沒有說完，張志明就開始磨了，不過，他的樣子比較像在打蛋。

我剛數到五十，就聽見陳玟的慘叫：「哎喲！張志明的墨噴到我的衣服了。」

陳玟雖然準備得很充分，兩手各套了腕套，又特地把椅子拉近桌子，離張志明遠遠的，不過還是難逃一劫。

「小朋友要注意，磨墨時要專心，不要濺出來。同時，毛筆蘸上墨後，也不要甩。」

老師才一說完，張志明立刻拿起筆來。據他說，他只是輕輕「抖」了一下，沒想到，墨汁又噴到前面陳玟的背上。這下子，陳玟的衣服上已經有六個黑點。張志明說，再多加一點，就可以畫成一隻七星瓢蟲了。

陳玟非常氣憤，可是張志明不是故意的，看在他努力學習國粹的分上，陳玟只好接受老師的安慰，回家用強力漂白水清洗。

大家都非常興奮，小心翼翼的學老師，把手抬高，用很直很直的姿勢握住筆桿，模仿古人，在棉紙上練習寫字。第一個字是一撇，雖然不算字，可是還真難寫。

老師說，下筆要慢，想像自己心情愉快，很悠閒，把這一撇拉成一道美麗的弧線，像美女的眉毛。

我非常小心，在腦中想，美女的眉毛該是什麼樣子？結果太緊張了，撇成一團黑，倒像是《三國演義》裡張飛的眉。

白忠雄帶的是墨汁，不必磨墨，直接用毛筆蘸上墨就可以寫。問題是，當他一打開墨汁瓶蓋，全班立刻發出抗議聲：「好臭喔！」他還好心的告訴我們：「墨汁比較省，一瓶才十塊錢。」

不久後，他擺在桌子上的墨汁，被李靜碰倒了。這下子，不但沒有「比較省」，還花了半節課的時間拖地和洗李靜的襪子。

每當有小朋友拿著筆跑到講臺前，問老師怎麼「提腕」、「懸腕」時，老師都用抹布東擋西掩的，生怕一不小心，就破壞了衣服的「清白」。

下課鐘響了，老師好像鬆了一口氣，高聲的提醒我們，把剩下的墨汁小心倒回去，在水槽洗筆時不要甩。同時，又笑著告訴我們，她很感動，因為我們的寫字課學習態度很好，全班都很專心，很認真。她說，從我們每一個人的「臉上」可以看出來。

大家趕快跑到廁所去照鏡子，果然，每個人的臉上都化了「黑」妝。張志明的最巧，正好一團墨汁塗在鼻子上，他用手去抹，越抹越擴散，最後變成了「烏鼻大將軍」。

我把寫字簿帶回家給媽媽看。媽媽很有耐心的從第一個一撇一撇欣賞到最後一撇。最後，點點頭說：「書法果然是一門很高深的藝術，相同的一撇，你就寫出了三十種不同的撇法，厲害，厲害。」

張志明還教我一個祕訣。他說，寫的時候要故意發抖，這樣，寫出來的字會更藝術，這是他哥哥說的。他哥哥在市場賣豬肉，據張志明說，他切肉的時候也是抖抖的。

沒想到三年級的寫字課這麼有趣。我要趕快練成一手好字，下次就可以幫爺爺寫春聯。句子我都想好了：「恭喜新年好，紅包不能少。」有押韻喔。

注：從前小學三年級開始每週皆有書法課，目前已改為由各校自行決定要不要上。

君偉媽媽的讀後心得：

我們的祖先很偉大，敢讓孩子天天用毛筆寫字。不知道他們洗衣服的偏方是什麼？

7 男生和女生

在我家，嗓門最大的是媽媽，在學校，我是指我們班上，聲音最大的是班長陳玟。江美美老師說她的聲帶發炎，不能天天大聲說話，所以指定陳玟當她的「發言人」。從此，全班便籠罩在陳玟的魔音管制中。

我真搞不懂男生為什麼這樣苦命。陳玟的口頭禪是：「男生再講話，就罰掃廁所。」如果我們抗議：

「女生也在說話。」她便大喝一句：「她們是在討論功課。」

其實，她們是在討論「血型與個性」，白忠雄可以作證。他昨天把這本書帶來的時候，李靜立刻用五張測驗紙向他「租」看三天。據說血型是O的，脾氣急躁。果真如此，陳玟應該是典型的O型，偏偏她宣布自己是文靜的A型。當我們露出懷疑眼神的時候，她又大喝一聲：「人家文靜也不行嗎？」如果這樣叫文靜，虎姑婆也可以去競選世界小姐了。

總之，我們男生很不服氣，總想找機會贏女生，尤其是若能壓壓陳玟的霸氣更好。偏偏每次考試，陳玟必定名列前茅，就連打躲避球時，她也常砸「死」很多男生。每次我們向老師告狀，老師便說：「你們現在正是男女生互相仇視的年紀，等到以後，就會很喜歡對方。好好和平相處，不必計較。」

我不能想像喜歡女生是什麼樣子，喜歡一隻蜥蜴可能還容易些。

李靜更是一個具有性別歧視的人。她的綽號是「李大師」，因為她會算命。平時，李靜十分厭惡課本，九九乘法到目前只背到「八七乘法」。可是，她對各種星座、血型、生肖的書十分著迷，到處向別人借來看，然後再以一副「命相大師」的姿態出現。你可千萬別讓她知道你的八字——就是出生年月日，她會胡亂說一通。我並不是對算命沒興趣，只不過，我對她的道行頗為懷疑。

以一個國語常考七十多分、錯別字連篇的人而言，怎麼可能搞得懂如此複雜、神祕的學問？我可沒有胡說。有一次，我親耳聽到她對張志明分析：「依你的星座，個性要常常『收險』，也就是多去給人家『收驚』，才不會樹立敵人。」

後來，我偷偷翻了翻擺在她桌上的「星座學」，裡面並沒有「收險」，只有「收斂」。我雖然不懂什麼叫「收斂」，但總覺得跟收驚應該沒有關係。張志

明聽了我的話，慶幸的拍拍胸脯說：「還好不必去收驚，那個收驚的阿婆每次都叫我喝一種黑黑的水，好噁心。」

我曾經很誠懇的勸告李靜，如果她國語讀通一些，算命會更準。她卻認為自己有特異功能，只要看對方的臉，就知道他的命好不好。她還瞪了我一眼，鐵口直斷我的命不好。關於這一點，不必她說我也知道，跟這麼不講理的女生同班，怎麼算好命？

最叫人生氣的是，同樣的血型，她卻有不一樣的「算」法。例如：陳玟的A型，是「文靜、謹慎」；白忠雄也是A型，卻是「膽小、怕事」。江美蓉是水瓶座，李靜形容為「有自信，頭腦冷靜」（其實江美蓉一看到螞蟻就尖叫，一點都不冷靜）。同樣的水瓶座，在楊大宏身上卻變成「沒有耐性，不懂得節省」，更不幸的是還會「容易得心臟病、神經痛」。

最不公平的是，我們班女生比男生多五個人。也就是說，跳課間舞的時候，每一個男生都得跟女生牽

手，完全沒有機會保持「清白」。儘管每次牽過手，我們就趕快用肥皂洗乾淨，可是，張志明卻說：「一牽手，女生的指紋就印在我們的手上，永遠洗不掉。」

媽媽笑我：「在家都不肯洗澡，怎麼到學校變得這麼愛乾淨，猛洗手了？」

我們曾在班會時候提出臨時動議，要求老師讓男女生分開跳，不要牽手。老師卻問張志明：「我也是女生，難道你不願意和我牽手嗎？」張志明想了想，回答：「老師，您不一樣，您是『婦人』，不是女生。不管怎麼說，要我喜歡女生，免談。」

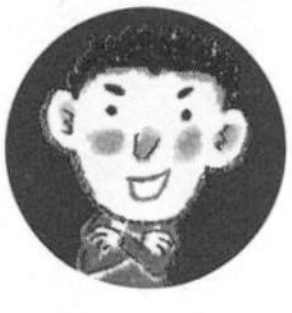

六年級學長的讀後心得：

話別說得太早，世事難料。

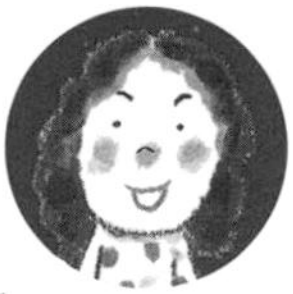

老師評語：

不必討厭女生，也不必急著愛女生，世事難料。

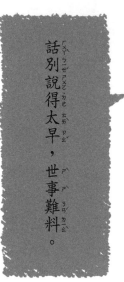

8 主席報告

前幾週開班會，都是由班長陳玟擔任主席。她是一個極度偏心的主席，老是藉這個機會批評男生，不是秩序太差，便是掃地時偷懶。

雖然她說的都是實話——導護老師在晨間活動來打分數時，張志明總是和白忠雄在下象棋，玩得大呼小叫；而整潔活動時，我和楊大宏也總是偷溜出去打

球（當然全是為了女生好，我們把掃地的機會留給她們，以培養她們的勤勞美德，同時鍛鍊體力）。不過，身為主席，應該顧及全班，如果老是批評這個，攻擊那個，這樣的會議多乏味呀。

幸好老師很「英明」。今天，她一進教室就宣布：「從本週起，每次班會，由全班推選一位同學輪流當主席，大家都有機會上臺訓練領導能力。」

結果，本週的班會，全班一致推選張志明當主席。最大的原因是平時他的意見最多，發表意見的時候總是滔滔不絕，有時候甚至和主席舉行一場臨時辯論大會。

張志明抓抓腦袋，問老師：「主席……主席要做什麼？」然後又抓鼻子、抓耳朵。每次他答不出老師的問題，便有這個招牌動作。

老師解釋：「主席要負責主持會議，讓會議順利進行。你一邊當，我一邊教好了。」

張志明站上講臺，對著全班傻呼呼的笑。

司儀喊：「全體肅立，主席就位。」他也跟著喊：「就位。」老師趕快說明：「這是請主席站好，不必說話。」

到「主席報告」的時候，他先抓抓頭，然後開口說：「各位同學……喔……各位老師……不對，老師……現在我們舉行班會，那……班會就是，要請大家說話。想說的就說，不想說的就不要說，也可以不必說。」

老師微笑著等他把這番廢話說完，才提醒他：「把本次會議的重點報告一下。」

「嗯。」張志明點點頭，繼續傻笑：「等一下請各股股長報告上一週本班的優缺點。對了，上週我們班的秩序沒有得冠軍，這全都是有人在早上吵鬧。希望這個害群之馬要改進。」他的成語用得挺好，只是，他好像突然忘記這個「害群之馬」就是他自己。

「然後，我們要討論『怎樣才算營養均衡』。這是學務處訂的主題。」張志明真不賴，開始頭頭是道的說起來，「如果同學對班上有意見，也可以提出來討論。現在，就進行今天的班會。」

老師讚許的點點頭。張志明面帶得意，抬頭挺胸的走下講臺，站在黑

板旁邊。

像從前一樣，各個班級幹部開始輪番上陣，將全班的缺點提出來檢討。每個人的最後一句話，都是「希望這個破壞班級榮譽的人要改正」。更奇怪的是，一律加上「轉頭看主席一眼」的動作。

張志明有點不好意思，嘴裡囁嚅著，不曉得唸些什麼，看他的嘴形，似乎是在說：「我哪有？」

幹部報告完，張志明又站上講臺，在黑板寫上「怎樣才算營養均衡」，然後請大家「踴躍發言」。

像從前一樣，大家先是一陣沉默——除非有人第一個舉手開頭，否則主席總得自己先找話說。以往，陳玟都能口若懸河的發表長篇大論。這次，大家全盯著張志明看。

張志明看看大家，咳嗽幾聲，又轉頭看看題目，開口說：「營養要均衡，才能健康。」

他想了想，又說：「要健康，就要營養均衡。」

其實，我不大懂什麼叫「均衡」，其他同學可能也不知道吧？沒有人舉手，全班十分安靜。

張志明只好說：「什麼都要吃，才有營養，才算均衡。」聽起來似乎有點道理，連老師都笑咪咪的看著他，等他繼續往下說。

「嗯……」張志明又抓抓頭，「比如說，青菜有青菜的營養，豬肉有豬肉的營養，什麼都有營養，都要吃，不可以挑食。」

他看了看大家，可是仍然沒有人舉手。「嗯……所以，都要吃。例如我雖然很討厭苦瓜和青椒，」他吞了一下口水，「可是，它們很有營養，老師也說過，所以我們要忍耐，還是一定要吃。吃的時候可以試試憋住呼吸。」

他同時示範了一個「停止呼吸、翻白眼」的動作，把全班都逗得笑起來。

他自己也笑了，又補充說：「苦瓜和青椒是很補的，有益健康，要多吃。」

我希望永遠不要當主席。當主席犧牲太大了。可憐的張志明，他以後得天天吃青椒了。

白忠雄的讀後心得：

我不想當主席，除非可以順便賣東西。

老師評語：

你只能賣弄知識，其餘的不准賣。賣弄知識是什麼意思，去請教陳玟。

9 上作文課

假設現在給你一張紙，上面有五百個格子，要你利用兩節課時間，在上面寫滿「唸起來通順」的字，而且全部都要自己想。你有什麼感覺？

「光陰似箭」，這是我對作文課（注）的感覺。因為我才在紙上填滿十格，就聽到下課鈴響了。

雖然老師一再強調：「大家不要怕作文，只要像

說話一樣，把要講的內容寫出來就行了。這叫『我手寫我口』。」可是，不知怎麼的，每次一看到黑板上的題目，我就忽然變成啞巴。

「看清楚題目的意思，不可以離題。根據主題，擬定每一段的大綱，然後就可以寫啦。」老師笑容可掬的寫下「我的媽媽」四個字。

「第一段可以描寫媽媽的長相、年齡，第二段寫她的特點，最後，再加上心得。」老師給了我們簡單的提示，便讓我們開始動筆。

我拿出鉛筆，數好空格，寫上：「我的媽媽名叫林妙英，但是我都叫她媽媽。」我覺得這一句完全是廢話，可是，我一時又想不出其他的話。

隔壁的葉佩蓉寫的是：「我的媽媽長得不高也不矮，不胖也不瘦。」我好心的口頭指導她：「可以再加上不黑也不白，不好也不壞。」她卻不領情，說：「要你管！」

陳玟好像沒有被難倒，低著頭寫個不停。有時候，她停了一下，抬起頭看看窗外，然後又低頭「沙沙沙」寫了好多。難道窗外有什麼「作文祕訣」？我看了半天，只看到一朵雲從冰淇淋變成雞腿、炸排骨、紅燒獅子頭……全都是媽媽的拿手菜，害我越想肚子越餓。

白忠雄最忙了，他每寫一下，就拿起橡皮擦來回擦三下。不一會兒，就舉手向老師報告：「我的作文簿擦破了。」老師靠過去看了看，對他說：「想好再寫。否則像你這樣，寫三個字擦兩個字，得寫到什麼時候？」

楊大宏一向富有科學實證精神，十分謹慎。他幾乎每隔三分鐘就跑到前面，問老師：「勇敢的敢怎麼

寫？」、「嗓門的嗓怎麼寫？」不經老師確定，他絕不輕易下筆。老師大概被他問煩了，回答他：「我怎麼成了『江字典』了？要不要我教你『一、二、三』的『一』怎麼寫呀？」楊大宏推推眼鏡，很嚴肅的問：「您說的是哪個『一』？」

快要下課了，老師說：「今天沒寫完的，可以帶回去慢慢補，明天再交。不過，不可以叫別人代寫，也不可以抄襲，那就沒有意思了。自己作的文章才有意義。」

陳玟和張志明卻向老師報告，他們已經寫好了。老師很驚訝，拿起他們的作文簿，一頁頁翻看起來。「嗯，很好。」老師一面看一面點頭，並且大聲的把陳玟的作文朗讀出來，供大家學習。

聽完之後，我只有一個感想，就是「騙人」。因為陳玟用了很多不可思議的句子來形容她的媽媽。比如「我的媽媽不眠不休的照顧我。」（其實，她媽媽

每天睡到早上十一點，她自己說的），還有「她總是對我輕聲細語。」（我記得陳媽媽送便當來的時候，都是大聲嚷嚷：「阿玟，快拿去，必須吃到一粒米都不剩。」）可是老師卻一再稱讚她：「作文就是要多使用高級的形容詞跟成語。陳玟平時愛看書，難怪詞彙應用得很好。」

老師還教大家，寫作文可以「加油添醋」。就是一個平凡的句子，加上各種聲音、動作、色彩、氣味等，使它「有聲有色」，句子便會活潑精采。

「她很美。」老師在黑板寫三個字，要大家「加油添醋」一番。最後，全班你一句我一句，變成了：

「她擦了紅色的口紅，藍色的眼影，黑色的眉粉，白色的粉底，紫色的指甲油，戴上金色項鍊、銀色的手環……」我們還想再加上「綠色的帽子」，老師卻搖搖頭，笑著說：「也不光是加一大堆色彩的描寫，只要把最精采的寫出來就好。否則，再這樣下去，便成了一個唱戲的大花臉了。」

「沒關係。」老師給大家打氣，「你們才剛開始學怎麼寫作文。只要多讀、多想、多寫，以後一定會進步的。」

老師繼續翻張志明的作文簿。突然，她抬起頭來看全班，把頭晃得像風吹草搖般：「寫作文最怕碰到這種事。」她揚一揚手中的作文簿。

「題目一定要先仔細看清楚。如果連題目都抄錯，那還寫什麼呢？」她又大聲的說：「張志明把『我的媽媽』寫成『我的娃娃』了。」大家都笑出來。老師唸出張志明的「傑作」。很簡單，只有三句：「我沒有娃娃，只有養一隻吉娃娃，公的。」

注：目前小學並無特定節次上作文課，隨機於國語課進行。

張志明的讀後心得：

我會請我媽媽教我寫作文，她最會加油添醋。

老師評語：

做人要實在，作文也是。

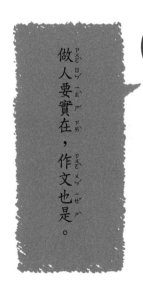

10 拜訪與邀請

下課時，陳玟甩著辮子，一蹦一跳的到我座位旁，遞給我一張卡片。

「明天中午放學後，到我家來。」她丟下這句話就離開了。張志明吐了吐舌頭：「喔，約會。」

陳玟立刻回頭，捶了張志明一下，再扔給他一張卡片：「少囉嗦，你也有。」卡片上印了一行英文字，我看不懂。張志明猜那是「矮撈沒油」，就是男生女生愛來愛去的意思。我做了個「噁心」的表情，再打開卡片一看，答案揭曉，原來明天是陳玟的生日，她邀請我們去她家參加生日宴會。

去同學家，這可是新鮮事！低年級時，我頂多和同學互通電話，講的內容也是很有學問的，比如「今天功課是第幾頁」、「明天考什麼乘法」。不知道同學的「家」長什麼樣子？尤其是班長陳玟，她在家也凶巴巴嗎？

媽媽知道了，讚許著拍拍我的頭說：「對，要和同學和睦相處。到同學家拜訪，不但可以增加感情，也可以順便學習應對的禮節。」其實，我們在學校已經「感情」很好了，不過，當然是以「打是情，罵是愛」來表示。

媽媽又想到一件事：「到別人家拜訪，可不能兩手空空的啊，要帶件生日禮物去才行。對了，陳玟最喜歡什麼？」

「最喜歡罵男生。」我照實回答。

「胡說。」媽媽笑了笑，「就送一本好書吧。」

我的老天！媽媽居然替我把禮物包裝得寶里寶氣，小天使的圖案，

加上粉紅色緞帶，還打了許多層的蝴蝶結。依我的看法，送給女霸王陳玟的生日禮物，應該是一隻黑色的大蜘蛛才對。

到了陳玟家門口，張志明突然緊張起來，悄悄的問我：「等一下進去要稍息還是立正？」我也沒有把握：「可能是坐下來吧。」楊大宏推推眼鏡，搖搖頭：「你們真沒志氣，這是家裡，不是學校，放輕鬆一點。」

陳玟的爸爸、媽媽對我們說的第一句話，也是：「放輕鬆。」陳媽媽的嗓門和陳玟不相上下，她笑著指揮我們：「坐下，吃東西。」、「用面紙擦手，喝汽水。」陳爸爸摟著陳玟，微笑著向我們致謝：「你們能來給小玟慶生，真是太好了。」陳爸爸看起來好斯文，陳玟怎麼沒有遺傳到這點？

陳爸爸還坐下來和我們聊天：「小玟在學校乖不乖？和同學相處得好不好？」

不知怎麼的，我們全都口是心非的回答：「她好乖喔，對同學好好喔。」大概嘴裡正忙著吃披薩，腦袋沒有空思考吧？白忠雄居然還冒出

一句：「我們最喜歡她了。」看他那個樣子，應該是喜歡手中那塊蛋糕才對。

陳玟到廚房幫陳媽媽倒汽水。陳爸爸趁機小聲的告訴我們：「小玟是獨生女，從小被寵慣了，脾氣有時候會倔一點，這些我都知道。希望她在學校沒有欺負同學。」

突然間，我有一種「被人信任」的感覺。我很誠懇的說出自己的意見：「其實，班長只是愛管人，講話大聲了

點。不過，她也是為全班好啦。」可能我的話有道理吧，旁邊的人都點點頭。李靜又補充一句：「她也不是對男生特別壞啦。你看，她不是也邀請你們來參加宴會嗎？」

陳爸爸「呵呵」笑起來，把薯條遞給大家：「多吃一點。難得今天我們家有那麼多小朋友。」

陳玟在家完全變了個樣，嬌滴滴、羞答答的，還不時依偎在陳爸爸身旁撒嬌。張志明在我的耳邊說：「女生都是變來變去的。」

這是一次成功的生日宴會；因為我們不但吃得飽，玩得好，而且還打破了陳玟家的兩個玻璃杯。陳爸爸還說：「沒關係，下次再來玩喔。」最重要的，我們發現，七個人在臥室裡玩「枕頭大戰」，實在太精采了。陳玟還說她生平第一次「在家裡

笑得那麼大聲」。

邀請同學到家裡玩，真是好主意。媽媽說的沒有錯：「可以增進同學之間的感情。」

星期天，白忠雄、張志明和楊大宏也接受我的邀請，到我家來玩。媽媽準備了火鍋大餐，讓我們邊聊邊吃。

白忠雄說：「伯母，您會不會炒米粉？」

媽媽搖頭：「我比較會炒麵。」並且補充：「不必叫我伯母，叫阿姨就好。」

「那麼下次請你們到我家，我媽媽最會炒米粉。」

「好哇！」媽媽忽然想起什麼，一一的問他們，

「這一次考試，你們考得怎樣？」

楊大宏推推眼鏡，他的鏡片被火鍋的熱氣蒙上一層白霧：「還可以啦，平均九十八分。」

媽媽讚許的點點頭，又問：「白忠雄，你呢？」

「只有數學八十分，其他都九十分以上。」

張志明低著頭喝湯，媽媽問：「張志明呢？」

他伸出手，比了個「五」。我只好替他回答：

「五科平均八十分啦。」

其實，張志明是平均五十幾分。

下一次，我是不是應該考慮，考試剛結束時，不要請同學到家裡玩？

楊大宏的讀後心得：

考九十分以上的才可以去我家，這樣才門當戶對。

老師評語：

請勿亂用成語。而且考試成績不代表一切。

11 我愛美勞

每個星期三，是我最快樂的日子，因為有兩節美勞課。教美勞的趙老師是全天下最慈祥的老師。

記得第一次上課，趙老師便笑容滿面的告訴大家：「上美勞課，就是要做些『美』的事，所以，老師絕對不罵你們，你們當然也不可以罵我。」

全班都被她逗笑了。

趙老師還特別強調，她重視的是學習過程，而不是結果。所以，只要對自己的作品盡力，就可以拿高分。同時，作品也由我們自己評分，因為趙老師說：

「只有你自己最清楚有沒有用心。」

趙老師夠奇怪了吧？不過，我真正的意思是「怪好的」。

另一個我們喜歡她的理由是，趙老師有說不完的故事，而且，保證以前都沒有聽過。

「今天，我們要畫的是『森林』。」趙老師每次上課，會先告訴我們主題，然後讓學生欣賞一些名家作品，順便說個相關的故事。我們往往聽得入神，目不轉睛的盯著趙老師。

「現在，你們已經知道這個單元的重點。好，請大家開始畫。」

每個人拿了紙，低頭開始構圖，趙老師很滿意的在各排間巡視。

張志明捧著圖畫紙，走到趙老師面前，開口問：

「請問老師，今天要畫什麼？」

趙老師還不知道她遇到一個天才，皺起眉頭說：

「剛才我說明那麼久，難道你都沒聽見？」她想了想，又和氣的笑了起來，「對不起，一定是我說得不夠清楚。」

班長陳玟卻忍不住站起來，發揮她的正義感：「今天要畫森林。黑板上不是寫得很清楚嗎？」說完，狠狠的瞪張志明一眼。

張志明不好意思的說：「我只顧著聽故事，故事太精采了嘛。」

陳玟不管做什麼事，動作都很快。十分鐘後，她已經畫好了，並且迫不及待的送到趙老師面前，等候鑑賞。

我實在有些替老師擔心。陳玟這張畫，不論左看

右看，東瞧西瞧，就只見畫紙當中有一團黑墨。這算什麼「森林」？莫非是夜晚的黑樹林？

陳玟還裝模作樣，把她的畫用磁鐵貼在黑板上，倒退五步，瞇起雙眼分析：「我畫的是森林中起了一陣大霧。看，這是前景，那是遠山。」又點點頭自誇：「我覺得我的畫帶有神祕的氣息。」

趙老師果然被那個神祕的氣息嚇呆了，不住的點頭說：「有道理，

有道理。你這麼一說，我便看懂了。」

陳玟滿意的收起傑作，又向老師要了另一張紙，說要再畫一張送給媽媽。她的媽媽今天運氣真不佳。

張志明很不放心自己的美勞分數。雖然趙老師一再強調，只要畫得開心，專心去做，人人都可以給自己打一百分。但是，張志明顯然不習慣這種分數，他唯一的一百分是上次月考，數學和國語加起來正好一百分。

他趁大家專心作畫時，悄悄走向前去問老師：

「我這次可以打九十分嗎？」

老師說：「當然。」

他回座位，想了想，又走上講臺問：「我可以打九十分啊？」

趙老師笑著說：「只要你別再走來走去，我保證給你九十分，好嗎？」

張志明搔搔頭說：「我走來走去，就是要問您，我可不可以得九十分啊！」

趙老師向這位天才投降了。她雙手一攤，無奈的說：「好，拿起筆來，別再想分數的事，畫吧。」

不過，張志明又有問題了，他沒有帶筆。

當然，偉大的趙老師是不會輕易被打敗的。她總是會多帶幾套用具，借給那些「除了便當，什麼都可能忘記帶」的人。我沒騙人，張志明有一次就忘了帶書包。

其實，我猜大家喜歡美勞課的原因，最主要的，應該是它的「自由」吧？不管什麼課程，都有固定答案、標準動作；只有美勞課，幾乎是「愛怎麼畫，就怎麼畫」。根據趙老師的說法：「只要你覺得這樣畫起來最美。」

美勞課，讓大家變成自己的主人。而且，趙老師也不准我們批評別人的作品，因為，每個人都有自己看藝術品的方式。

所以，連陳玟都必須客客氣氣的欣賞張志明的大作。雖然那只是一張白紙，上面畫了三條黑棍，其中一根還加了太多水，使得棉紙破了一個大洞。不過，陳玟還是獨具慧眼的說：「我懂，這是三棵大樹，十分挺拔。」

至於那個破洞，陳玟也說：「張志明功力高強，力透紙背，還穿洞呢。」

白忠雄的讀後心得：

美勞很神奇，有些大畫家亂畫也能賣高價。

老師評語：

他們不是亂畫，你不要亂看。

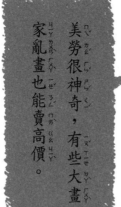

12 愛護小動物

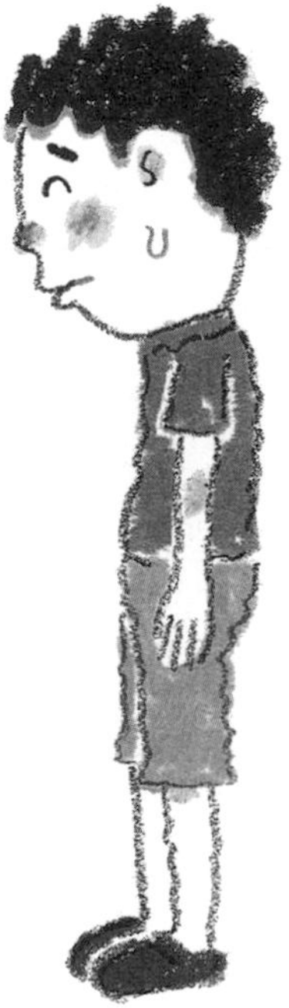

「一個人要是沒有愛心，老是欺負別人，便會交不到朋友。」

江老師說得很有道理，全班都點點頭。

她又繼續說：「就算是小動物，也應該受到尊重，不能虐待牠。」江老師說完，特地轉身看了看張志明。

張志明滿臉無辜的樣子，嘟著嘴站在講臺上。他被老師罰站了。

原因是下課時間，李靜親眼目睹一件慘劇：張志明在操場撿了顆石子，往榕樹上丟；而樹上，本來歇息著一群麻雀。不幸中的大幸是：石子一碰到枝幹，麻雀便統統飛走了；不幸中的更不幸是：後來石子掉下來，砸到張志明自己的腳。

這就是他嘟嘴的原因。他說：「我又沒有打中。」

江老師搖搖頭：「已經有犯錯的行動了，該罰。」

她還補充：「在國外，虐待小動物，還有可能被告上法院呢。」

為了讓我們成為「社會上有用的人」，老師繼續苦口婆心的勸導大家愛護小動物，以培養高貴的情操。

「古人曾說：『愛鼠常留飯，憐蛾不點燈』，就是愛惜每一條生命。不管是小老鼠、小飛蛾，都跟我們一樣，有活命的權利。」

張志明忽然舉手發問：「老師，您怕不怕老鼠？」

江老師嚴肅的瞪他一眼：「被罰站還講話。」然後轉頭微笑說：「別以為女生就一定怕老鼠，我偏偏不怕。我們家在五樓，不會有老鼠。」

李靜也舉手表達她的愛：「我每次看到小動物，都覺得牠們好可愛喔。老師說得很對，我們不能欺負小動物。雖然我怕老鼠，但是絕不會虐待牠。」

老師又點點頭笑了。

接下來，每個人便開始絞盡腦汁，拚命回憶自己曾經有哪些愛護動物的偉大事蹟，才算不辜負老師的教導。

班長陳玟說：「我每個星期都會幫家裡養的小狗洗澡。」

葉佩蓉說：「我摸貓咪的毛，都是輕輕的，怕把牠嚇壞。」

楊大宏推了推眼鏡，看看大家：「每個暑假，我們全家都會到國外旅遊。我去過印尼、馬來西亞、美國、日本、新加坡……」最後，他終於講到重點，「如果爸爸要帶我們去吃當地的野生動物，我都會說：『不！』」

白忠雄也不甘示弱，報告他的義行：「有一次，我看到一隻螞蟻要過河，我就找了一片樹葉，送給牠當船。」

不過，李靜馬上折穿他的謊言：「報告老師，這好像是以前二年級國語的課文。」

老師聽完我們的報告，很滿意的做結論：「你們都是有愛心的小朋友，以後，千萬別學張志明，拿石頭砸小鳥。」

張志明非常激動，忍不住舉手表白：「老師，其實我也很愛護小動物。剛才，我就是知道一定打不到，才丟石頭的。」

江老師皺起眉頭：「那你為什麼還要丟？」

「我就是要證明啊。」

「這是什麼歪理？」江老師又好笑又好氣。

張志明仍然不死心，列舉他種種感人的愛護動物事件：「我七歲的時候，被野狗咬到，都沒有哭。」

這跟愛護動物有什麼關係呢？

「如果哭了，我爺爺一定會把牠宰來吃的，我爺爺最疼我了。」

但是，老師認為，被野狗咬了，不但可以哭，還要立刻到醫院打針，以免感染狂犬病。

張志明還想再說，可是，江老師已經打開課本，準備上國語課了。

就在這個時候，突然有一

隻小動物跑進教室。

那是一隻土黃色的小狗，全身沾滿了汙泥，髒兮兮的。牠走到講臺前，傻呼呼的看著老師。

「哎喲！哪裡來的流浪狗？警衛先生怎麼不把牠趕出去？」江老師離小狗遠遠的，一邊說一邊叫班長拿掃把到前面來。

「老師，吃午飯時，我們可以分一些便當菜給牠，牠好瘦喔。」李靜說。

老師卻拿著掃把，摀著嘴，很勇敢的大喝一聲，小狗嚇得立刻跑出教室。

「你們要注意，不可以亂摸流浪狗，牠身上可能有許多病菌，被傳染到就糟了。」老師又語重心長的教導我們：「就連鴿子也不要亂摸。牠們的糞便中帶有一種隱球菌，嚴重的話，可能會感染腦膜炎。」

老師叫張志明趕快到走廊洗手，因為他剛才離小狗很近，若是有病菌飛到他身上，他就慘了。

唉，就這樣，我白白失去一個大好機會。本來，我還想帶牠到廁所，替牠洗澡，當場示範「愛護動物」的高貴情操呢。

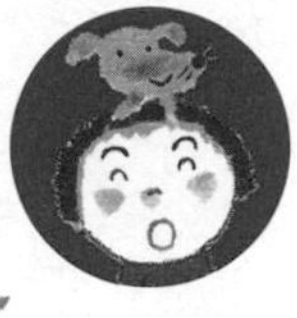

李靜的讀後心得：

狗是人類最忠實的朋友。

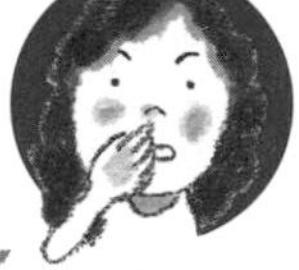

老師評語：

但還是別太靠近流浪狗，
以免被咬或被傳染病菌。

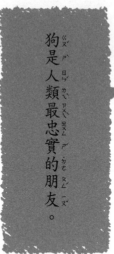

13 便當傳奇

「謝謝爸爸，謝謝媽媽，老師請用，大家開動。」我和張志明從一年級走廊經過，聽到這句吃午餐前的「口號」，不禁面對面搖搖頭：「唉，低年級。」

兩年前，我們也是這樣，每當讀全天課，中午吃便當時，老師總是要帶著全班大聲唸出這一段「餐前謝詞」。

記得有一次，張志明唸完還被老師罰站，因為他在座位上動個不停。他的理由很充分：「不是叫大家開動，開始動動嗎？」

張志明連簡單的一句「開動」都可以拿來搗蛋。下課時，他告訴我：「我們家吃飯時，什麼都不必說，一下子就吃光光，簡單多了。」

升上三年級，每週有三天全日課。為了配合我們的「身分」，江老師廢除了「餐前謝詞」，改為「餐前叮嚀」。比如：「吃飯時別胡思亂想，以免把湯匙吞進去。」、「嚼東西時別出聲，以免影響別人食慾。」、「打噴嚏時要摀嘴，以免汙染飯菜。」等。

其中，最難做到的就是：「把媽媽準備的愛心便當吃光光。」

道理很簡單：第一，有的媽媽完全不懂小孩的心，在便當裡裝滿「可怕」的青椒；第二，大部分的媽媽雖然有愛心，但是沒空，沒時間準備愛心便當。不過，幸好學校非常體諒媽媽的辛勞，可以代訂營養午餐。

老師發給每個人一張營養午餐的訂購單，要大家帶回家，請爸媽參考。

我敢說只要你看到營養午餐的廣告單上印的每日菜單，保證會垂涎三尺：「香酥雞排、清蒸鱈魚、紅燒牛腩……」簡直是豪華餐廳的派頭。

張志明非常興奮，拿著菜單說：「我一定要訂。」又津津有味的研究著，「宮保雞丁到底是什麼呢？聽起來好像是皇宮裡吃的一道菜，大概是古時候皇上吃的吧。」

我把菜單拿回家給媽媽，也學張志明，強力推薦：「我們吃的都是高級菜喔。你看，宮保雞丁是皇帝吃的。我們現在只要花五十塊錢，就可以吃到。」

媽媽擰了一下我的耳朵，笑著說：「誰告訴你宮保雞丁是皇上吃的？那道菜又鹹又辣，你才不敢吃哩。我看，你是被每星期三供應的雞塊吸引吧？」

媽媽真是太了解我了。

結果，全班一共二十個人訂購營養午餐。

學校的午餐，是不是真的很營養，我不知道；不過，可以肯定的是，非常「刺激」。

記得第一次吃訂的便當時，大家都很興奮，神采飛揚的等著。因為根據菜單，我們將有「爆炒雙鮮、翡翠蝦球、涼拌金銀」這些料理，可以大飽口福。

想想看，又是翡翠，又是金銀，等一下便當打開，準讓那些沒有訂的人後悔莫及。

便當送來了，我以超音波的速度將外層塑膠套打開，結果發現「樂極生悲」，裡面根本不如我想像中的那麼豪華。

「爆炒雙鮮」是三條小魷魚和兩塊甜不辣，「涼拌金銀」則是豆芽菜和豆乾，至於「翡翠」，應該就是那十幾顆青豆。總之，整個便當看起來一點也沒有「皇帝吃的派頭」，我有些失望。

還好，便當中附有五根薯條，彌補大家的失望。

張志明對我說：「只要每天的便當盒裡都有薯條，也還可以。」

誰知道第二天，薯條不見了，但是張志明的便當裡，有一條橡皮筋。

張志明做出噁心的表情，決定把那個便當帶回家餵小狗。老師知道了，就把自己的飯盒分一半給他。

「喂，快說！老師煮的菜好不好吃？」我們偷偷問張志明。

他擺出一副「驕傲」的表情說：「不告訴你，反正比橡皮筋好吃。」

接下來，我們訂的便當裡，不時附有驚奇的「每日一物」。有時是半根牙籤；有時是一顆小石子；還有一次，竟然有根雞毛出現在葉佩蓉的便當裡。

老師忍不住了，氣沖沖的跑去找營養午餐的負責人，請他轉告賣便當的商人「發揮良知」，不要對我們下毒，不然，國家以後就沒有主人翁了。

老師還說：「請給我們新鮮的便當。」

便當公司很聽話，馬上改進。隔天，我果然吃到一個超級新鮮的雞腿便當，肉的內部還有鮮血。

老師皺起眉頭：「我的學生又不是野狼，不該吃生雞肉啊。」

不一會兒，白忠雄也大喊：「我的便當裡面有蠶寶寶。」

大家趕快圍過去，原來是一隻灰色的菜蟲。

老師只好勸告我們：「你們還是請媽媽抽空準備午餐吧。」

其實，訂便當也沒什麼不好，我們每天中午都滿懷期待，等著看誰的便當裡，會有意想不到的奇蹟，倒像在玩「尋寶遊戲」呢。

張志明說：「也許有一天，我會在便當裡找到一顆金牙。」

便當公司老闆的讀後心得：

本公司一定改進、一定改進，下次會多放十根薯條。

14 升旗典禮

有一首兒歌是這樣唱的：「太陽在天空發出微笑……」。然而，太陽發出的其實不是微笑，而是可怕的紫外線。烈日當空，光是靜靜的坐在教室，都可以汗流浹背，何況是排隊到操場參加升旗典禮（注）？偏偏播音室還播出這種歌曲，好像太陽在微笑，我們也精神抖擻的樣子。

可憐的江美美老師，戴著一頂大草帽，外加一把陽傘，還是不停的拿扇子搧風。不過，她仍然不忘警告大家：「抬頭挺胸，否則總導護老師要罵你們了。」

總導護老師走到司令臺上，拿起麥克風，果然開口大吼：「一大早就垂頭喪氣，昨天晚上沒睡飽嗎？」

他又說：「天氣那麼好，卻一點精神也沒有，怎麼當國家未來的主人翁？」

如果我現在就是主人翁，該有多好。我可以坐在冷氣房裡喝冰涼的泡沫紅茶。

「不要一曬太陽，就要暈倒。你們太缺乏運動，體力太差，以後要多鍛鍊。」

總導護老師一說完，葉佩蓉真的倒下去了。江老師趕快請班長和李靜扶她到健康中心。

張志明回頭對我眨眨眼睛，我完全了解他的意思。他的意思是：「如果你也暈倒，那就好了。」他可以名正言順的送我到健康中心。

總導護老師搖搖頭：「你們這些飼料雞，禁不起一點考驗。」

還好他接著馬上進行升旗典禮，也許是怕再有另一個人倒下去。據我所知，健康中心只有兩張床。

總算唱完國歌，也升完旗了。我祈禱著，希望趕快進教室，我一定會在座位上乖乖的坐著，絕對不會亂動。我突然發現我們教室是多麼可愛呀，

它居然有四盞吊扇呢。

然而，我最害怕的一件事終於發生了。校長接過麥克風，走到司令臺中央，清了清喉嚨，然後開口說：「各位小朋友早。」

大家全拉開嗓門，用力的回答：「校長早。」

上個星期，我們因為回答得太小聲，在校長指導之下，前後一共練習喊了五遍「校長早」。

我繼續用最虔誠的心意，向上天祈求。我的要求不多，只希望校長今天的訓話內容，只有三點。

上個星期，他講了五點，最後還抽背，幸好沒有抽中我們班。

「看到你們這個樣子，校長很難過。大家抬起頭來，看看司令臺上有什麼？」

八班的班長真的很蠢，居然舉手回答：「有校長，有麥克風。」

校長很嚴肅的說：「不對，不是這個答案。不過，這個小朋友有仔細觀察，很好。」

最後，答案揭曉了：「大家看看司令臺的柱子，上面刻了八個字：健康、快樂、勤學、善良。」

然後，校長嘆了一口氣：「像你們這樣，一曬太陽就昏倒，哪來的健康？」

於是，他從健康的重要說起，列舉三大理由，以及四個實例；再談到學生應該如何孝順父母、報效國家。最後，鐘聲響了，校長又勉勵大家：「不要因為一點小考驗，就投降。古時候的孟子說，天將降大任於斯人也……」

突然，一片烏雲籠罩在操場上空，接著，竟有稀稀落落的雨點打在我的鼻尖。一定是我的誠心感動上天。剛才的炎熱，一下子轉為涼風習習。空氣中可以聞到灰塵被雨點打起來的味道。

司令臺上的校長，以振奮的語氣，繼續勸我們：

「最堅強的人，是不會被輕易打倒的。一點點小雨，根本不算什麼……」

話還沒說完，天邊「轟隆」一聲，打了個響徹雲霄的雷，雨滴也快速的往下掉。我的帽子和上衣，全被打溼了。

江老師連忙將傘撐高，替前面幾個同學擋雨。操場上的老師們，有的舉起手護著頭，有的趕快躲到榕樹下。

但是，我們可不敢動；雨滴沿著我的脖子往背脊溜下去。

「嗯……下……下雨了，我們是不必害怕的。但是校長擔心你們淋了雨會感冒，所以，還是趕快回教室吧。」

總導護老師接過麥克風，大聲指揮：「低年級向右轉，中年級向左轉……」

雨勢越來越大了，江老師帶著我們，也不管前後左右，急急忙忙往最近的走廊衝去。

大雨中，我看到校長站在司令臺上，皺著眉頭。司令臺有屋頂擋著，不會晒到太陽，也不會淋到雨。

我知道我將來要當什麼了。就是校長。

注：從前小學每週數次開朝會，全校統一於操場舉行升旗典禮。

校長的讀後心得：

校長能體諒你們，以後的五點指示，改為朝會三點、放學兩點，這樣就很好背了。

15 廁所命案

「老師，不得了，您快來看，發生命案了！」

李靜像一隻花豹，衝進教室，氣急敗壞的向老師報告。跟在她身後的，是班長陳玟，也是一副天就要塌下來的緊急模樣。

級任江老師正在批改作業，一聽到李靜高八度的嗓音，立刻站起來，瞪大眼睛說：「命案！在哪裡？

我們趕快去向學務處報告。」

陳玟拉著老師往外走，一面報告她的目擊經過：「剛才，我要上廁所，一打開門，就看見便池邊有血滴，垃圾桶裡的衛生紙也都是血，嚇死人。」

老師停下腳步，問她們：「廁所有血？」

「對！不知道是誰被殺了？」李靜擺出超級偵探的表情，小聲的回答。

老師搖搖頭，拉著兩個超級偵探走回教室，然後向圍成一團的我們揭曉：「不是命案，沒有人被殺。」

她又低聲補充一句：「那是月經。」

白忠雄耳朵很尖，立刻問：「什麼是月經？」

老師似乎不欣賞白忠雄追根究柢的精神，回頭告訴大家：「以後健康教育課就會教到，現在我要改習作了，別吵我。」

看老師的樣子，就知道「月經」一定大有來頭，絕對不是普通東西，否則老師不會這麼神祕。

當然，越神祕的事件我們越有高度興趣。大家立刻跑到走廊，找副班長楊大宏。他每次月考都是第一名，學問淵博，

電腦也打得一級棒。像「月經」這種東西，一定難不倒他。

楊大宏推了推眼鏡，滿臉疑惑的看著我們：「月經？是女人用的嘛！跟衛生棉有關係。」

白忠雄還想再問，但是上課鐘聲響了，而且楊大宏驕傲的表情很讓人受不了，一直說：「連這個都不懂，真落伍。」於是，我們只好低聲抱怨：「哼，小氣鬼。」然後匆匆忙忙的跑回教室。

身為「女人」的陳玟和李靜，嘴巴更是噘得半天高。李靜說：「我當然知道衛生棉是什麼，電視廣告都有演呀。」

江老師非常了解我們的心聲，一上課，就笑著說：「以後看到女生廁所裡有血跡，不必大驚小怪。每個女孩子，到了青春期，就會開始有月經。有誰知道什麼是月經？」

全班都轉頭去看楊大宏。楊大宏的臉紅了，站起來結結巴巴的說：「月經跟我有什麼關係？我又不是女生。」他推了推眼鏡，又說：「如果要詳細的解答，等我回家查百科全書，明天再交報告給老師。」

江老師連忙說：「不用、不用。我只是讓大家明白，廁所並沒有發生命案，以後別再鬧笑話了。至於月經的形成，以後你們會在健康課學到，如果有興趣的話，也可以回家先問媽媽。」

然後，她很嚴肅的提醒大家：「別管月經了，下個星期就要月考，你們還記得吧？」

下課時間，張志明跑到我座位旁，塞給我一張白紙，用神祕的表情說：「幫我畫一隻暴龍，我就告訴你什麼是月經。」

我不但畫了暴龍，還奉送一隻雷龍和一隻三角龍，因為白忠雄和林天順也想聽。

「張大教授」拉著我們三個人，跑到榕樹底下，喘著氣開始講課：「男生和女生是不一樣的。」

「廢話，我們當然知道。」白忠雄很不高興的打斷張志明的話，又補充一句：「女生比較愛哭。」

張志明瞪大家一眼：「我說的是比較深奧的不同，請你們不要插嘴。女生每個月，都會流血，那就是月經。」

張志明繼續說：「如果月經流出來，就要用衛生棉。嘻嘻，好像跟嬰兒包尿布一樣。我有偷看過我姊姊買的衛生棉，還被她揍一頓。」

「男生會不會流血？」白忠雄很有研究精神。

張志明想了想，做出結論：「應該不會，我從來沒有看過我爸爸買衛生棉。」

唉，為什麼世界上會有那麼多稀奇古怪的事情？如果女生一直流血流個不停，那不是很快就死了嗎？

林天順也忽然變聰明了，說出他的新發現：「難怪女生的皮膚比較白，一定是缺血，變得蒼白。可是，李靜怎麼還是那麼黑？」

我好心的警告他：「千萬別在李靜面前說她黑，她會生氣。她常常偷照鏡子，很愛漂亮。」

上課鐘又響了，我們自己的健康課只好草草結束。張志明還打算冒險，說要偷一片衛生棉來讓我們大開眼界。

我很想回家問媽媽，她是女人，一定知道更多關於月經的事。如果我懂了，就可以換我當老師，好好給張志明他們上一課。

結果，媽媽竟然說：「你這是哪裡學來的名詞？可別亂學喔。」

教育專家的讀後心得：

我個人對國內的性教育，深感遺憾。希望老師和家長能更明確的回答孩子關於性的問題，以免孩子學到錯誤的知識。

16 生活競賽

我該不會是熱昏頭、視力模糊了吧？或者我是在做夢，看到不可思議的景象？

我居然看見三年六班的學生，一個個跪在走廊上，拿著菜瓜布，在刷洗地板呢。這麼離奇的事，當然得趕快去向老師報告。不過，我還是慢了一步，管家婆李靜已經站在江老師的座位旁，比手畫腳的說：

「他們先用洗衣粉刷，再用清水沖。」

老師連忙走到教室外面探頭一望：「哇！真的用菜瓜布在刷地板，難怪六班老是得到學校的整潔競賽冠軍。」

說得也是，他們班從開學到現在，已經拿了好幾面錦旗，掛在走廊的班級牌下，威風得不得了。

老師悶悶不樂的回座位，嘆口氣說：「我們三年七班，哪一天才能得到一面錦旗呢？」

這句話，大家都不小心聽見了，也可能是老師故意說給全班聽的。這是事實，三年七班到目前為止，班牌底下還是空蕩蕩的，一面錦旗也沒有。

學校每週都有生活競賽，包括秩序、整潔、路隊三項，由當週的導護老師和糾察隊評分。我們班的運氣很差，總是在最吵的時候，正好有評分老師經過。所以，秩序這一項競賽，永遠是名落孫山。

至於整潔，哪裡比得上六班呢？只要從走廊望過去，看見他們光得發亮的地板，誰都會打一百分。路隊這一項，是回家路隊行進時，只要看見校長、主任、導護老師、愛心媽媽……無論是誰，都得高聲有禮的說：「老師再見。」而且隊伍必須整齊，當然更該安靜無聲。

每當星期一，學務主任在司令臺公布上週的各班生活競賽成績時，江老師總是低著頭，不然就是找八班的老師聊天。八班也是常常落榜，她們兩個正好同病相憐。

週一的班會時間，各股股長輪流上臺報告，每個人都慷慨激昂的說：「希望同學努力，讓我們班得到一面錦旗。」班長陳玟更是大發雷霆，說得聲音都沙啞了：「破壞秩序的害群之馬，難道不會睡不著、做惡夢嗎？」

張志明很無辜的看著老師，因為每個股長都很氣憤的看著他。

他也站起來，為自己辯解：「又不是只有我一個人在吵，也不是只有我一個人亂丟紙屑。」

陳玟立刻反擊：「還有誰？你說啊。」

張志明非常講義氣，沒有說出共犯，反而轉移話題：「我們應該想辦法，最好也拿菜瓜布來刷地。」

老師給我們在一旁馬上說：「不准。」

真不懂老師，竟然不能體會我們想要爭取榮譽的決心。

老師的說法卻是：「我難道還不了解你們在想什麼嗎？我當然知道用菜瓜布、洗衣粉來玩吹泡泡、打水仗很好玩。」

我起先只想到刷地時，可以順便玩一下水，沒想到老師神機妙算，已經預測出我們將會有多麼可怕的舉動了。

不過，張志明好像真的打算改過向善。第二天早上，他一進教室，就立刻趴在窗戶邊當守衛。

「來了，導護老師來了，安靜！安靜！」

他一看到戴著紅色臂章的導護老師從走廊另一頭走過來時，便小聲的發出警報，而且立刻奔回座位，拿出國語課本，做出十分勤學的樣子。

全班也安靜下來，乖乖的坐著。

導護老師走過來了，進到我們教室，看了看，然後在她手中的簿子上寫了幾個字。

我想，一定是寫「三年七班很乖」。再轉頭看張志明，他臉上一副天真無邪的天使模樣，對著課本，喃喃唸著。全班安靜得很，只聽得見導護老師高跟鞋的聲音。

沒有想到，導護老師卻突然開口說：「教室太髒亂了，許多同學的桌子底下有紙屑。像這位同學，座位下就有一個塑膠袋。」她指著張志明的桌子。

張志明的表情，馬上從天使轉為戰敗的公雞，垂頭喪氣的把塑膠袋撿起來。

「我已經在你們班整潔這一項扣分了，下一次我還會再來檢查，要記得保持乾淨喔。」

說完，她又踩著高跟鞋到下一班去評分了。

「導護老師好詐，猜不透她是來打秩序還是整潔的分數。」張志明不甘心的說。

陳玟早已走到黑板上，氣呼呼的記下張志明的名字，同時打了兩個大大的「╳」，還回頭警告他：「不准罵老師。」

張志明很無奈的說：「記就記吧，我們的錦旗又落空了。」

老師進教室，聽完陳玟的報告後，也很不高興的數落我們一頓：「難道只為了打分數，才安靜嗎？」

不過，最後我們總算也得到一面錦旗。因為張志明撿到五百元，交到學務處。他的義行，讓我們班加了分，而榮獲當週「秩序」冠軍。

張志明說：「下次，我立志要撿到一千元。」

這是我第一次聽說「拾金不昧」也能立志。

學務主任的讀後心得：

小朋友懂得爭取班級榮譽，我很欣慰。

17 上體育課

「下一節課，請體育股長去借兩個躲避球。」

江老師說完這句話，全班的男生都大呼：「萬歲！」女生則是唉聲嘆氣，只有李靜和陳玟露出興奮而凶狠的眼神。

躲避球真的很好玩，殺來殺去，把女生嚇得半

死。難怪她們一聽到體育課，就面帶哀愁，再聽到「去借躲避球」，就像一隻隻驚慌的小雞。

只有李靜和陳玟，在躲避球賽中，絲毫不輸男生。她們不但身手矯捷，躲得很快，連擲起球來也是又狠又準。張志明認為她們兩個，有可能是男扮女裝，在我們班臥底當間諜。

上課鐘響了，陳玟指揮大家排好隊伍，再走到操場邊。陽光很強，可憐的江美美老師撐著花傘，一面用手帕擦汗，一面吹哨子，叫大家做體操、跑操場。

我覺得學校很奇怪，體育課這種「粗魯」的課，怎麼會讓江老師來上呢？應該由長得又高又壯的老師，例如暴龍老師來上才對。每當上體育課，江老師總是躲在榕樹下，或是站在籃球架的陰影下。我很同情她，她的皮膚那麼白，為了上體育課被晒黑是很可惜的。

而且，江老師只會叫我們做操、跑步、打躲避球。這也沒什麼稀奇，反正我也不能想像穿著高跟鞋的老師，跳起來投籃，或者踮起腳尖吊單槓的樣子。

此外還有一個小小的缺點：江老師不太懂得躲避球的規則。常常有女生帶球跑步，她也不會吹哨子。有時候，我們抱怨：「女生犯規。」陳玟雙眼一瞪，老師就說：「玩玩就好，別計較，要有運動家精神。」

比賽如果沒有分出勝負，總是叫人有些遺憾嘛。

全班做好操了，老師按照座號將我們分成兩組。我很高興和張志明同一組，他躲得很快，我只要跟在他身後跑就行。

女霸王陳玟手持躲避球，盯著對面場內的人。張志明嘻皮笑臉的逗她：「來打我呀！」

球用力的砸出去，張志明很不幸的被擊中左大腿，慘叫一聲：「哇！好痛。」然後，便心不甘情不願的揉著腿，走到場外。

現在，球在白忠雄手上。他很沒信心，不敢自己打場內的人，就把球傳給楊大宏。

楊大宏是文弱書生，功課一流，躲避球不入流。他拿到球，使盡全力氣，朝對面一扔。然而球沒有打中任何人，只是在地上

滾了幾滾，最後被陳玟接了起來。

我跟著白忠雄左躲右避，只要球一來，我就回頭跑。雖然我身材厚實，目標明顯，但是非常幸運，一直到老師吹哨子結束球賽，我都還沒「死」。

江老師將大家集合起來，數一數雙方場內剩下的人數，然後宣布：「甲隊獲勝。」

我們立刻歡呼起來。張志明一直說：「我們贏，我們贏，我們下次還會贏；你們輸，你們輸，你們輸了不要哭。」

乙隊的主將是陳玟和李靜，她們當然沒有哭，只是白了張志明一眼，「哼」了一聲，然後不屑的說：

「下次再打死你。」

躲避球賽結束了，下課鈴也響了。大家的臉紅通通的，全身熱汗直流，一進教室，便打開吊扇。江老師也趕緊拿出溼毛巾，不停的擦臉。

星期五又有體育課，我們男生正想再度大開殺戒時，江老師卻突然宣布：「今天的體育課，我們練習接力賽。」

真是掃興，怎麼會臨時更改呢？

下課時，陳玟偷偷告訴大家：「葉佩蓉的媽媽寫了一封信，請老師不要強迫她打躲避球。葉佩蓉很怕球，只要當天有體育課，她就哭鬧著不想上學。」

這是我第一次聽說有人不敢上體育課，而且原因是「不敢打躲避球」。躲避球那麼刺激，我們男生都恨不得天天打，最好每節課都去廝殺，怎麼會有人害怕得想哭呢？女生跟男生就是不一樣。

白忠雄跟楊大宏交頭接耳，不知道說些什麼。我走過去，只聽到白忠雄說：「好險。」

「什麼好險？」我好奇的問。

白忠雄不好意思的說：「其實，我也很怕躲避球。球丟過來時，挺恐怖的。上次，我被打中後腦勺，痛得要命呢！幸好今天不打躲避球。」

楊大宏推推眼鏡，也發表心得：「老師能考慮到少數同學的心理很好，我敬佩她。而且，我也覺得躲避球太野蠻了，不如打高爾夫球。像那些高級的大官，都是打高爾夫球，從來沒有看過他們打躲避球。」

楊大宏果然是高材生，他說起話總是有條有理。

江老師還不忘訓勉大家：「上體育課，主要是鍛鍛體魄，培養運動家精神，打什麼球都一樣。現在，體育股長帶大家跑操場三圈。」

然後，她就趕緊走到榕樹底下，拿起手帕，搧起風來。

江美美老師的讀後心得：

我是語文教育系畢業的，所以不懂躲避球規則。

18 海報比賽

江老師一走進教室，便交給我一張好大的圖畫紙，告訴我：「請你利用下課時間，做一張『慶祝雙十節』的海報。這是學務處舉辦的比賽，好好畫，可以請同學幫忙。」

天哪！我只不過是愛畫漫畫，老師就以為我是美術天才，竟然交給我這麼一件大工程，怎麼辦呢？

我連忙去向楊大宏求救。他推了推眼鏡，很冷靜的說：「你先在計算紙上打草稿，再畫在圖畫紙上。」

聽完這句廢話，我沒好氣的問：「畫什麼呢？」

「雙十節，就是國慶日。去找一些跟國慶日有關的資料做參考。」他一說完，便低下頭繼續看他的百科全書，不理我了。

聽完這兩句話，我只好愁眉苦臉的走回座位。

張志明拿著一張白紙，興沖沖的跑來：「張君偉，幫我畫一隻三角龍，是我妹妹要的。」

我瞪他一眼：「不畫，不畫。都是被你們陷害，才會惹來麻煩。」

張志明無辜的望著手中的白紙，喃喃自語：「完了，完了，這下子，我妹妹非哭上三天三夜不會罷休了。」我只好向他解釋，並且把那張超級特大號的圖畫紙給他看，證明這是件多麼艱鉅的工作。

「你畫完三角龍，我就幫你的忙。」張志明很夠朋友，一口就答應幫我「慶祝」雙十節。

我花了一分鐘，畫好一隻站立的三角龍，還替牠在每隻角上各插上一朵花，以博得那位一年級小女生的歡心。張志明十分感動，立刻說：「好！我馬上幫你想構圖。」

我們討論了三分鐘後，終於有了結論：去請教美勞趙老師。

趙老師微笑著告訴我們：「海報要有標題，可以想一些跟主題有關的文字，擺在最醒目的地方；然後加上配合文字的圖案。最好能有個漂亮的花邊做裝飾，整張海報會更有整體感。」

聽完這一席很有學問的指示，我們倆默默不語的對看一眼，覺得好像更加困難了。

趙老師又補充：「好了好了，我不能再多講了。我是評審，要公平才行。」

回到教室，我拿出計算紙，先畫上兩個大大的「十」。張志明點點頭：「很好，我來想該寫什麼字。」他想了想，突然拍手說，「對了，以前國語課教過，『雙十節的晚上，煙火好像倒吊的菜籃。』」

我糾正他：「是花籃。」

他又絞盡腦汁，發揮記憶力：「還說，『中華民國，祝你生日快樂。』」

太好了，我立刻在紙上畫了煙火和生日蛋糕。

張志明的靈感像瀑布一般，嘩啦嘩啦流不停：「對了，再畫一些偉大的人物，比如蝙蝠俠、超人、綠巨人浩克、太空飛鼠、孫悟空、哈利波特、名偵探柯南、海綿寶寶。代表他們都來一起慶祝。」

「海綿寶寶算偉人嗎？」我有疑問。

「為什麼都是男生？」管家婆李靜不知道從哪裡冒出來，也加入討論。

張志明只好在原有的偉人名單上，繼續加入：「女超人、哈利波特的女生好朋友妙麗、蝙蝠俠的女朋友、綠巨人浩克的女朋友……」

可是我有不同意見：「偉人的女朋友，也能算是偉人嗎？」

李靜說：「我媽媽說，每個偉人的背後，都有一個女朋友。」

楊大宏本來正專心閱讀百科全書，聽到這句話，立刻抬起頭來更正：「應該是每個成功男人的背後，都有個偉大的女人。」並且解釋：「這句話的意思是要提醒大家，不要只看到男生很厲害，其實是因為有厲害的女生幫助他。」

聽完這句解釋，李靜才心滿意足的走開。

不過，我還是不知道該在海報上畫什麼。總不能畫一堆偉人在看煙火和吃生日蛋糕。

楊大宏覺得這麼重要的事件，一定要向班長請教，我有點懷疑，他只是想找機會跟陳玟說話。

沒想到班長陳玟眉頭一皺，馬上有答案：「雙十節海報，當然要畫上很感人的故事，比如有人在溪邊看到小魚游來游去，便說：我們要像魚兒一樣自由的在水中遊玩。沒錯，畫小魚就對了。」

楊大宏迅速接話：「這個意見太好了，跟我的想法很接近。也可以畫一群小鳥，在天空飛來飛去。沒錯，畫小魚加小鳥就對了。」

我向這兩位聰明人士發問：「小魚、小鳥跟國慶日有什麼關係？」

陳玟居然說：「小魚

跟小鳥很可愛呀。國家生日，當然要畫可愛的東西，難道要畫可怕幼稚的東西，比如：蝙蝠俠、綠巨人浩克還是小丑？」楊大宏連連點頭，表示贊同陳玟。

張志明很生氣，低聲說：「楊大宏是馬屁精。」

陳玟還有一項建議：畫一面國旗在空中飄揚。

這個建議不錯，我差點忘了這是國慶日海報。但是，我把這個點子改為「一面國旗貼在牆壁上」，理由很簡單，我不會畫「飄揚」。

最後，「慶祝雙十節」的海報終於大功告成，不但有國旗、很多英雄的圖片，更有滿天煙火，一個三層大蛋糕，熱鬧非凡；我將作品送交給江老師。

江老師看了看，笑著說：「這張海報走可愛風，挺有趣的，謝謝你。」

張志明不忘表揚自己：「海綿寶寶的貼紙，是我忍痛送給張君偉的喔。」

張志明的讀後心得：

我家還有好多偉人貼紙，下次可以請我負責設計海報。

老師評語：

我會向學校建議取消海報比賽。

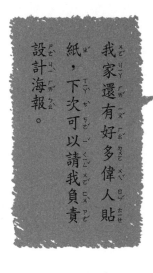

19 關於詩

你知道什麼是最精簡、最美麗的語言嗎？

答案是「詩」，這是老師說的。江美美老師是全校最有氣質的老師，也是全班公認的校花老師（雖然六班學生覺得他們老師才是校花老師），所以，只要江老師說「詩是最美麗的語言」，準沒錯。

語言也分美麗跟醜陋嗎？

江老師說：「當然。例如：髒話便是醜陋的語言。」

「成語也是。」張志明大聲接著說。

陳玟立刻舉手：「張志明胸無點墨，哪會分辨什麼美麗與醜陋的語言。」

張志明馬上反擊：「老師您看，陳玟都使用成語來罵人，好醜陋。」

老師笑著點點頭：「張志明很幽默嘛。」

張志明抓抓鼻子：「我很正經嚴肅啦。」

陳玟得不到注意，氣呼呼的轉移話題：「老師，我背過很多詩。」她立刻即席表演一段：「冬天來了，春天還會遠嗎？」

楊大宏很神氣的補充：「嗯，這是英國詩人雪萊很有名的詩句，我在作文班有背過。」

白忠雄又補一句：「我知道下一句：春天來了，夏天還會遠嗎？」

我也靈光一閃：「夏天來了，秋天還會遠嗎？」

張志明總結：「秋天來了，冬天還會遠嗎？」

老師笑彎了腰：「自然課學得不錯，知道一年有四季。」

但是，老師說「詩」可沒這麼簡單，並非照樣造句。除了要有意境，讀了讓人感動，詩的基本要求還有「押韻」。

「詩的每一句最後會有押韻，唸起來會更生動，有節奏感。什麼是押韻？請看這一首詩。」老師在黑板寫了四句文字。

一片一片又一片，
兩片三片四五片，
六片七片八九片，
飛入梅花都不見。

咦？看起來「詩」並不難啊，每一句的最後一個字發音都有「一ㄢ」，這首詩就是押「一ㄢ」韻；有押韻的確唸起來很順。

老師又說：「這首〈詠雪〉，文句簡單，卻充滿禪意。我知道你們不懂禪意，只知道蠶寶寶。總之，這首詩是在描寫冰天寒地中，一片片雪花飄落在雪白梅花上的那種蒼茫與寂靜。唉，我也知道你們不懂蒼茫與寂靜……」

老師似乎對我們很失望，陳玟果然沒有辜負老師平時的期望，舉手安慰老師：「我懂，我知道什麼是寂靜。」然後她轉過頭警告全班：「你們統統給我安靜，鴉雀無聲，這就是寂靜！」

張志明扮個鬼臉：「老師，班長又使用醜陋的成語威脅我們。」

李靜指著張志明，搖頭宣告：「你的星座顯示，今天你烏雲罩頂，不宜說話。」

真沒想到連李靜都以成語來算命，陳玟有資格當選「本班最有影響力的人」。

老師看看手錶：

「哇，一節課都過一半了，我們還沒進入主題。其實，老師今天就是想讓大家練習押韻。」

「別緊張，這不是考試。請大家模仿〈詠雪〉的前三句，然後創作最後一句，完成一首古詩。因為這首詩是七個字一句，共有四句，所以是『七言絕句』。」

老師還提醒：「記得要押韻，最後一句必須費心想想，讓你的詩在簡單中流露出不平凡。」

老師話還沒說完，張志明已經先舉手說：「我想好了。」

老師嘖嘖稱奇：「古時候有位偉大的詩人，走了七步，便寫好一首詩，沒想到你比『七步成詩』還厲害，七秒成詩。」

張志明笑咪咪站起身，大聲朗誦：「一片一片又一片，兩片三片四五片，六片七片八九片，用完就丟真方便。」

他還解釋：「題目是〈詠紙尿褲〉。」

在全班熱烈的笑聲與拍桌子聲中，張志明越演越過癮：「啊，我又有了！」

他更大聲的朗讀著：「一片一片又一片，兩片三片四五片，六片七片八九片，有些吃有些敷臉。」

題目是〈詠西瓜〉，因為他姊姊都拿西瓜皮敷臉。

老師皺著眉頭說：「張志明的詩是有押韻啦，只是……」

「只是沒有蒼茫與寂靜！」陳玟不愧是班長，一秒鐘立即接話。

張志明不甘心的說：「西瓜上沒有蒼茫，但是有蒼蠅啊。」

李白的讀後心得：

我真慶幸我生在古代。

20 我的志願

升上三年級，對我而言，最特別的，就是功課表上了多了一些奇怪的課程。例如：電腦、社團、書法、彈性課程等等。

現在，我已經知道，老師決定上書法課的那一天，她絕對不會穿白衣服；如果寫作文，就是要拚命想一些字，把它填在作文簿裡。有時，有閱讀指導，

會到圖書室看書；看到有趣的地方，可別笑出來，因為在圖書室中必須保持肅靜。

只有「說話」課（注），一直讓我搞不清楚。平時，老師最常掛在嘴邊的，就是「不要說話」，如今，竟然在課表上出現「說話課」，這不是為難老師嗎？老師太可憐了。

不過，江老師法力無邊，第一次上「說話」課時，她依然警告大家：「不要講話。」當然，她又補充：「我請你發言時，才可以說。」

經由老師的解釋，我們才知道，原來「說話」課要教大家正確表達自己的想法，包含說話的技巧、禮節、應用等。這麼說來，「說話」還挺有學問的。為了讓大家學以致用，老師每次都訂定一個主題，供大家練習。

這一次，就是請大家說一說「我的志願」。

「想想看，將來長大後，你最希望從事什麼工作？把理由說出來，還要報告如何達成這個目標。」

江老師才說明完，陳玟立刻舉手。

她站了起來，字正腔圓的說：「我將來要當記者，因為可以發揮正義。我會把壞人一個個報導出來，讓他們難逃一死。」

說完還回頭瞄了張志明一眼。

這個職業和陳玟真是完美的搭配，何況，她早就在進行職前訓練。

每天，她總是虎視眈眈的盯著我們，再把不守規矩的同學登記下來，記在她的筆記簿裡，誰都沒看見，讓我們「死」得不明不白，真狠。

老師很讚許陳玟的勇氣，不過，她略加糾正：「是要讓壞人改過向上，不是難逃一死。」

陳玟講話老喜歡賣弄成語，害得老師也得用成語來回答。不知道的人，還以為她們在拍武俠片呢。

李靜也接著發表她的志向：「我一定會當議員，但是還沒有決定當什麼議員。因為根據我的星座和血型，最適合為民服務。」

聽完這一番話，我只希望她將來服務的時候，能夠輕聲細語，笑容可掬，千萬別像現在這樣，好像虎姑婆。不過，話又說回來，電視上有些議員，也很像虎姑婆。

楊大宏推了推眼鏡，慢條

斯理的說：「我嘛，以後要當醫生，我爸爸已經決定好了。所以，我要努力求學，還要學英文；醫生都是寫英文的，你們知不知道？對了，各位同學，以後你們找我看病，我會打折優待。」他看了老師一眼，又補充：「老師免費。」

老師笑出聲來，代大家回答：「謝謝，不過，大家還是健健康康的比較好。」

沒有人舉手了。老師鼓勵大家：「每個人都要思考一下，反正之後作文課還是得寫這個題目。」

她望了望白忠雄：「你呢？你將來想當什麼？」

白忠雄不敢說話，害羞的搖搖頭。

老師給他打氣：「勇敢一些，訓練自己的口才。要知道，不管你準備從事什麼職業，總得口齒清晰、說得清楚，這樣，對方才能明白你的意思。」

白忠雄終於鼓起勇氣站起來。老師很高興，點頭稱讚：「對！現在敢開口，以後才敢開口跟人說話。」

只可惜白忠雄的志願不需要對人開口，他小聲的說：「我將來要養牛。我爸爸說，大家都喝鮮奶，養乳牛會賺錢，我們在鄉下有一塊地，可以當牧場。」

這麼說來，白忠雄應該好好的上音樂課，以便

「對牛彈琴」才對。

老師露出詫異的眼光，看著白忠雄：「你好厲害，小小年紀，就有生意頭腦。」

老師太孤陋寡聞了，白忠雄很會做生意，常常拿漫畫書來租給同學，換取白紙或糖果呢。

老師又走到張志明面前，笑著問他：「你呢？張大哥。你該不會準備當賽跑選手吧？」

老師會這麼說，完全是因為張志明的媽媽「出賣」張志明。她在上次「學校日」的時候，告訴老

師：「張志明這個『猴囝仔』常常跑得讓我追不到。」

張志明搔搔腦袋，回答老師：「我還沒有決定，我有一點想當老師。」這個答案讓老師很震驚，她停了一下，才恢復鎮定說：「那麼你從今天開始，不許再犯規，否則將來怎麼管學生？」

張志明卻回答：「我隨便說的啦，上次看作文範本，裡面就是這樣寫的。我還是當別的好了，老師常生氣，會老得比較快。」老師沒好氣的說：「知道就好。」又轉頭問我：「張君偉呢？」

「我要當科學家，成為社會上有用的人。」這種答案，也是照抄作文範本的。

「同學們，你們的志願都很好，從現在開始，要好好努力，將來才會實現喔。」老師做了結論。

下課以後，張志明對我說：「說話課就是騙老師的課。楊大宏上次告訴我，他以後要當兒童樂園的老闆，現在卻變成醫生。」楊大宏趕緊辯解：「我這樣說，爸媽才不會囉嗦；寫在作文簿上，才會得高分。」

說得也是。上次，我告訴媽媽，將來想當漫畫家，她卻指著我的額頭說：「叫你不要一天到晚看漫

畫，就是不聽。」

真不知道媽媽小的時候，上說話課時，是不是告訴老師：「我將來要當一個在家洗衣燒飯的人。」

如果她這樣回答，分數一定很低吧。

注：從前小學國語課中，會有一節要教導學生如何說話，正確表達的課程。

君偉爸爸的讀後心得：

「志願」這種東西，小時候才有，要好好珍惜。

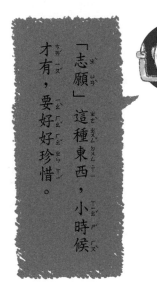

附錄 1

本班的生活公約

小朋友，你們班有沒有生活公約？有的話請寫下來，沒有的話，也請你試著擬定一份。

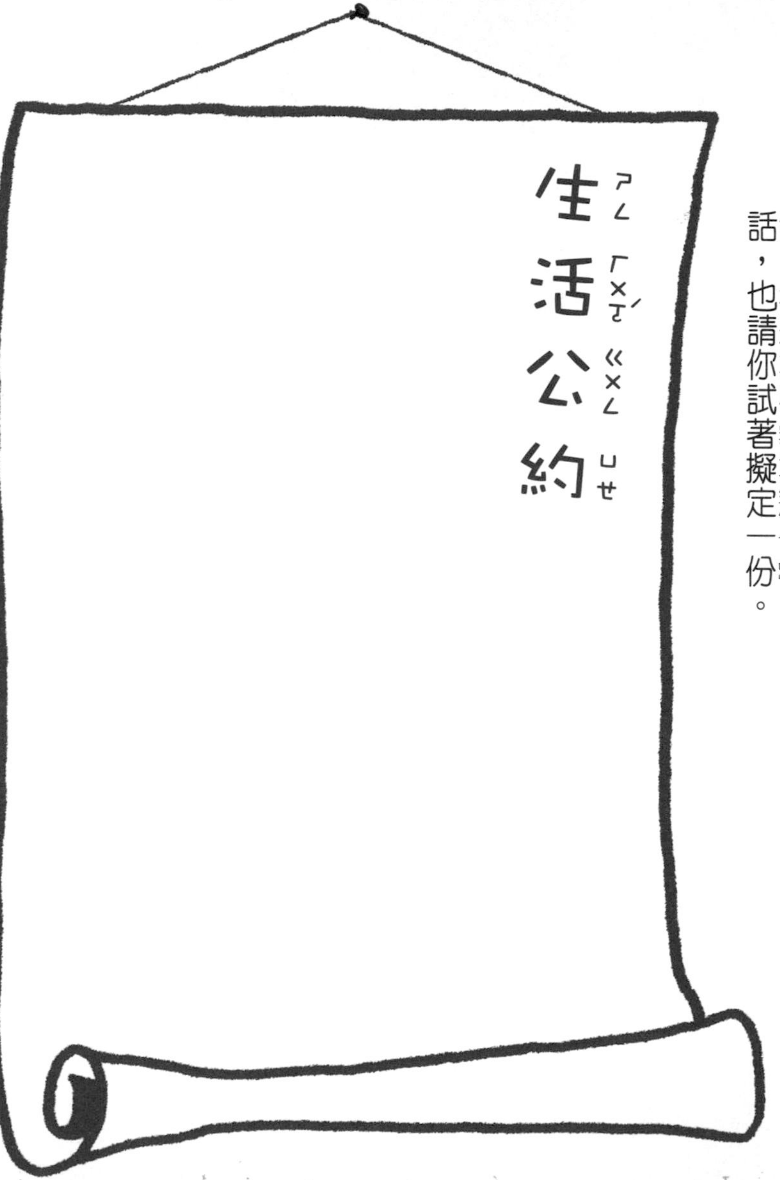

附錄2 我的志願

人物	志願	評語或說明
陳玟	記者	（舉例：我覺得她更適合當法務部長。）
李靜	議員	
楊大宏		
白忠雄		
張志明		
張君偉		
我自己		
我爸爸		
我媽媽		
好友		
好友		

作者的話

王淑芬

寫作童書三十多年，【君偉上小學】應該算是我的招牌作品吧。一套六本，從一年級到六年級，陪伴三十年來的小學生，成為中學生、大學生；而「專為某一年級量身打造」的寫作創意，也成為我個人寫作的挑戰，因為必須在每升一個年級，就更換一種語氣與寫作技巧，以符合那個年紀的文學認知程度。所以，寫君偉，讓我寫作功力進步很多呢。

雖然不斷有讀者要求我寫「君偉上中學」，甚至希望寫到君偉讀博士班、君偉的一生，但是我一直沒讓這個可愛的班級離開小學。原因有兩個：第一是我不喜歡一個主題寫個沒完沒了，會變得枯燥無趣。第二是我希望君偉在讀者心中，永遠是個等待長大、有無限可能的孩子。投射在每個讀者身上，其實我們每個人心裡，也像君偉一樣，仍在「長大中」。一想起君偉，我願大家能露出笑容，回味著他跟張志明的爆笑對話，以及這個班級層出不窮的驚奇事件。讓我們就這樣，暫時在書本上，無憂無慮的過著小學純粹善與真的生活。

【君偉上小學】歷經三十年，改版過幾次，主要是讓它更貼合現在的小學，修訂部分情節與用語。不過，某些地方其實我覺得不改也無妨，讓現今的孩子回頭看看臺灣小學的從前也不錯，覺得：「哇，原來以前的小學有福利社，會賣飲料與零食。以前的班級幹部名稱跟現在不太一樣。以前還有班級的基本動作比賽，老師每天還會檢查學生有沒有帶手帕與衛生紙呢。」

這些改變，是一個社會的進展過程，變得更好，或沒什麼兩樣？我也無法評論，但如果有人想做研究，藉著這套書的幾次改版，說不定能勾勒出臺灣小學教育三十年的基本樣貌。

不少家長告訴我，孩子們是從【君偉上小學】開始願意讀「文字多」的書，我真感到開心。而且不知道讀者有無注意到，我是個很注重文學技巧的人，光是《一年級鮮事多》每篇故事的開頭，我就至少運用四種不同寫法，分別是「時間、事件、疑問或問題、形容詞」來當第一句。我私心希望小讀者不僅在讀故事，也在我說故事的手法中，學到文章的多種敘述方式。至於每篇故事如何結尾，我也有講究，有興趣的人，可以找其中一本來統計分類一下。下次當你寫作時，光是收尾便能有多元的表達方法。

我熱愛寫作，也很幸運的透過【君偉上小學】，結交許多不同年齡層的讀者朋友。君偉是臺灣第一套專為小學生而寫的校園故事，它也是每年暑假，常被贈為開學禮物的書。君偉在每週要上六天課的早年，陪伴過當時的小孩；如今週休二日，君偉這套書仍在各個圖書館與書店，笑咪咪的等著跟今年的小學生成為好朋友。被讀者稱為「君偉媽媽」的我，看著我的書小孩一直都精神飽滿、挺直書背站在書架上，無比滿足！

作者簡介

王淑芬

生日——很久很久以前的5月9日

出生地——臺灣臺南

小時候的志願——芭蕾舞明星

最喜歡做的事——閱讀好書，做手工書

最尊敬的人——正直善良的人

最喜歡的動物——貓咪與五歲小孩

最喜歡的顏色——黑與白

最喜歡的地方——自己家

最喜歡的音樂——女兒唱的歌

最喜歡的花——鬱金香與鳶尾花

畫者簡介

賴馬

1968年生，27歲那年出版第一本書《我變成一隻噴火龍了！》即獲得好評，從此成為專職的圖畫書及插畫創作者。
賴馬的圖畫書廣受小孩及家長的喜愛，每部作品都成為親子共讀的經典。獲獎無數，包括圖書界最高榮譽的兒童及少年圖書金鼎獎，更曾榮登華人百大暢銷作家第一名，是第一位獲此殊榮的本土兒童圖畫書創作者。
代表作品有：圖畫書《我變成一隻噴火龍了！》、《愛哭公主》、《生氣王子》、《勇敢小火車》、《早起的一天》、《帕拉帕拉山的妖怪》、《金太陽銀太陽》、《胖先生和高大個》、《猜一猜 我是誰？》、《慌張先生》、《最棒的禮物》、《朱瑞福的游泳課》、《我們班的新同學 斑傑明・馬利》、《我家附近的流浪狗》、《十二生肖的故事》、《一樣不一樣 斑傑明・馬利的找找遊戲書》、及《君偉上小學》系列插圖。（以上皆由親子天下出版）

君偉上小學 3

三年級花樣多

作者一王淑芬

繪者一賴馬

責任編輯一許嘉諾、熊君君、江乃欣

特約編輯一劉握瑜

封面設計一丘山

電腦排版一中原造像股份有限公司

行銷企劃一林思好

天下雜誌群創辦人一殷允芃

董事長兼執行長一何琦瑜

媒體暨產品事業群

總經理一游玉雪

副總經理一林彥傑

總編輯一林欣靜

行銷總監一林育菁

副總監一李幼婷

版權主任一何晨瑋、黃微真

出版者一親子天下股份有限公司

地址一臺北市 104 建國北路一段 96 號 4 樓

電話一 (02) 2509-2800　傳真一 (02) 2509-2462

網址一 www.parenting.com.tw

讀者服務專線一 (02) 2662-0332　週一～週五：09:00~17:30

讀者服務傳真一 (02) 2662-6048　客服信箱一 parenting@cw.com.tw

法律顧問一台英國際商務法律事務所・羅明通律師

製版印刷一中原造像股份有限公司

總經銷一大和圖書有限公司　電話：(02) 8990-2588

出版日期一 2023 年 3 月第二版第一次行行

2024 年 7 月第二版第三次印行

書號一 BKKC0053P

ISBN一 978-626-305-409-7 (平裝)

定價一 360 元

――――

訂購服務一

親子天下 Shopping | shopping.parenting.com.tw

海外・大量訂購一 parenting@cw.com.tw

書香花園一台北市建國北路二段 6 巷 11 號　電話一 (02) 2506-1635

劃撥帳號一 50331356　親子天下股份有限公司

國家圖書館出版品預行編目 (CIP) 資料

三年級花樣多 / 王淑芬文；賴馬圖. -- 第二版.
-- 臺北市：親子天下股份有限公司, 2023.03
注音版
208 面；19×19.5 公分. -- (君偉上小學；3)

ISBN 978-626-305-409-7(平裝)

863.596　　　　　　　　　　　111021920

立即購買 >